03/29/07

MW01688743

This boo[k]

Ronea Zeehandelaar's house
after she passed away
on 03/15/09.

Sascha

Elizabeth Costello

J.M. Coetzee

Elizabeth Costello

Vertaling
Peter Bergsma en Irving Pardoen

Cossee
Amsterdam

Voor de vertaling werd een werkbeurs verstrekt door
de Stichting Fonds voor de Letteren

Eerste druk juli 2003
Tweede druk september 2003

Oorspronkelijke titel *Elizabeth Costello*

Omslagillustratie Avigdor Arikha, 'Going out',
Israël Museum, Jeruzalem
Boekverzorging Marry van Baar
Foto auteur Bert Nienhuis

ISBN 90 5936 026 5 | NUR 302

EEN

Realisme

In de eerste plaats staan we voor de vraag hoe te beginnen, namelijk hoe ons te verplaatsen van de plek waar we ons bevinden en die vooralsnog nergens is, naar de andere oever. Het is een eenvoudig overbruggingsprobleem, een kwestie van een brug slaan. Mensen lossen dagelijks zulke problemen op. Ze lossen ze op, en als ze dat gedaan hebben, leven ze gewoon verder.

Laten we aannemen dat dit hoe dan ook gelukt is. Laten we aannemen dat de brug is gebouwd en dat we hem zijn overgestoken, dat we hem uit onze gedachten kunnen zetten. We hebben het gebied waar we waren, achter ons gelaten. We zijn aan de overkant, waar we willen zijn.

Elizabeth Costello is een schrijfster die in 1928 geboren is, zodat ze zesenzestig is, bijna zevenenzestig. Ze heeft negen romans geschreven, twee dichtbundels, een boek over vogels en heel veel journalistiek werk. Van origine is ze Australische. Ze is in Melbourne geboren en woont daar nog steeds, hoewel ze van 1953 tot 1963 in het buitenland heeft gewoond, in Engeland en Frankrijk. Ze is twee keer getrouwd geweest. Ze heeft twee kinderen, uit elk huwelijk één.

Elizabeth Costello vestigde haar naam met haar

vierde roman, *The House on Eccles Street* (1969), waarin de hoofdpersoon Marion Bloom is, de vrouw van Leopold Bloom, die de hoofdfiguur is in een andere roman, *Ulysses* (1922) van James Joyce. In de voorbije tien jaar is er rond haar werk een kleine kritisch-wetenschappelijke kring ontstaan. Er is zelfs een Elizabeth Costello Society, gevestigd in Albuquerque, New Mexico, die een kwartaaltijdschrift uitgeeft, de *Elizabeth Costello Newsletter*.

In het voorjaar van 1995 reisde, of reist (vanaf hier de tegenwoordige tijd), Elizabeth Costello naar Williamstown, Pennsylvania, naar Altona College, om de Stowe Award in ontvangst te nemen. De prijs wordt om het jaar toegekend aan een belangrijke auteur van wereldfaam, die gekozen wordt door een jury van critici en schrijvers. Hij bestaat uit een geldbedrag van vijftigduizend dollar, afkomstig uit een legaat van de familie Stowe, en een gouden erepenning. Het is een van de grootste literaire prijzen in de Verenigde Staten.

Op haar reis naar Pennsylvania wordt Elizabeth Costello (Costello is haar meisjesnaam) vergezeld door haar zoon John. John heeft een baan als docent natuurkunde en sterrenkunde aan een universiteit in Massachusetts, maar is om privéredenen dit jaar met verlof. Elizabeth is inmiddels een beetje fragiel; zonder de hulp van haar zoon zou ze deze zware reis naar de andere kant van de aarde niet hebben ondernomen.

We slaan een stuk over. Ze zijn in Williamstown aangekomen en naar hun hotel vervoerd, een verrassend groot gebouw voor een kleine stad, hoog en zeshoekig, een en al donker marmer buiten, kristal en spiegels binnen. In haar kamer vindt een dialoog plaats.

'Zul je je hier op je gemak voelen?' vraagt de zoon.

'O, vast en zeker,' antwoordt ze. De kamer ligt op de twaalfde verdieping en biedt uitzicht op een golfbaan met beboste heuvels erachter.

'Waarom ga je dan niet even rusten? Om halfzeven komen ze ons halen. Ik geef je een paar minuten daarvoor wel een seintje.'

Hij wil weggaan. Zij neemt het woord.

'John, wat willen ze precies van me?'

'Vanavond? Niks. Er is alleen een diner met de leden van de jury. We zullen zorgen dat het geen ellenlange avond wordt. Ik zal zeggen dat je moe bent.'

'En morgen?'

'Morgen, dat is een ander verhaal. Morgen zul je ertegenaan moeten, vrees ik.'

'Ik weet niet meer waarom ik me heb laten overhalen hiernaartoe te gaan. Het is een heel gedoe dat je je op je hals haalt, en waarvoor? Ik had ze moeten vragen de plechtigheid te laten voor wat die is en me de cheque op te sturen.'

Nu, met deze lange vlucht achter de rug, wordt duidelijk dat ze op leeftijd raakt. Ze heeft nooit aandacht aan haar uiterlijk besteed, dat hoefde nooit; nu is het haar aan te zien. Oud en vermoeid is ze.

'Zo werkt het jammer genoeg niet, moeder. Als je het geld aanneemt, moet je de hele voorstelling uitzitten.'

Ze schudt haar hoofd. Ze heeft de oude blauwe regenjas nog aan waarin ze van de luchthaven is vertrokken. Haar haar ziet er vettig uit, futloos. Ze heeft geen aanstalten gemaakt om uit te pakken. Als hij haar nu alleen laat, wat zal ze dan gaan doen? Met regenjas en schoenen aan op bed gaan liggen?

Hij is hier bij haar omdat hij van haar houdt. Hij kan zich niet voorstellen dat ze zonder hem aan haar zijde deze beproeving zou doorstaan. Hij steunt haar omdat hij haar zoon is, haar liefhebbende zoon. Maar hij staat nu ook op het punt haar te gaan coachen – wat een smakeloos woord.

Hij ziet haar als een zeeleeuwin, een oude, vermoeide zeeleeuwin in het circus. Nog één keer moet ze op de ton klauteren, nog één keer laten zien dat ze de bal op haar neus kan houden. Het is aan hem om haar te begeleiden, haar te bemoedigen, haar door de voorstelling heen te helpen.

'Ze kunnen het alleen op deze manier,' zegt hij zo minzaam als hij kan. 'Ze bewonderen je, ze willen je huldigen. Dit is de beste manier die ze kunnen bedenken om dat te doen. Jou geld geven. Je naam rondbazuinen. Met het ene het andere doen.'

Terwijl ze zich over het empireschrijftafeltje buigt, de folders doorkijkt die meedelen waar ze moet winkelen, waar ze moet dineren, hoe de telefoon te gebruiken, werpt ze hem de snelle, ironische blik toe waarmee ze hem nog steeds kan verrassen, om hem weer te laten beseffen wie hij voor zich heeft. 'De beste manier?' mompelt ze.

Om halfzeven klopt hij aan. Ze is klaar, staat te wachten, vol twijfel, maar bereid de vijand tegemoet te treden. Ze heeft haar blauwe pakje en haar zijden jas aan, haar gedistingeerde schrijfstersuniform, en de witte schoenen waar niets op aan te merken valt, maar waarmee ze er een beetje uitziet als Katrien Duck. Ze heeft haar haren gewassen en naar achteren geborsteld. Het ziet er nog steeds vettig uit, maar nu wel respectabel vettig, als dat van een grondwerker of een monteur. Op haar gezicht ligt al de passieve blik die je, als je hem bij een meisje zou zien, ingetogen zou noemen. Een gezicht zonder persoonlijkheid, het soort gezicht waar fotografen iets mee moeten doen om het opvallend te maken. Ze doet hem denken aan Keats, de grote pleitbezorger van de ontvankelijke leegte.

Het blauwe pakje, het vettige haar, het zijn kleinigheden die een gematigd realisme verraden. Geef de bijzonderheden, laat de betekenis vanzelf duidelijk worden. Een procedure die voor het eerst door Daniel Defoe werd gevolgd. Robinson Crusoe, aangespoeld op het strand, kijkt om zich heen om na te gaan of hij medebemanningsleden ziet. Maar die zijn er niet. 'Naderhand heb ik hen niet meer gezien, noch enig ander levensteken van hen, afgezien van drie hoeden, een pet en twee losse schoenen, geen paar.' Twee losse schoenen, geen paar: doordat ze geen paar vormen, zijn de schoenen geen schoeisel meer, maar zijn ze zinnebeelden van de dood geworden, door de schuimende baren van de voeten van drenkelingen gerukt en aan land geworpen. Geen grote woorden, geen wanhoop, alleen hoeden, petten en schoenen.

Zolang als hij zich kan herinneren, trok zijn moeder zich 's ochtends terug om te schrijven. Niet storen, onder geen beding. Hij vond zichzelf vroeger een ongelukkig kind, eenzaam en onbemind. Als hij en zijn zus erg met zichzelf te doen hadden, gingen ze voor de gesloten deur zitten en maakten jengelende geluiden. Na verloop van tijd ging het gejengel over in geneurie of gezang en kikkerden ze op, raakten ze hun gevoel van verlatenheid kwijt.

Inmiddels is het anders. Hij is volwassen geworden. Hij bevindt zich niet meer buiten het vertrek maar erin, en hij aanschouwt hoe ze dag in dag uit, jaar in jaar uit, terwijl haar haren langzaam verkleuren van zwart tot grijs, met haar rug naar het raam voor de lege bladzijde zit. Wat een vasthoudendheid! denkt hij. Ze verdient de erepenning, geen twijfel aan, deze erepenning en vele andere. Voor betoonde moed zonder dat de plicht haar daartoe riep.

De verandering was gekomen toen hij drieëndertig was. Tot dan toe had hij geen woord gelezen van wat ze had geschreven. Dat was zijn antwoord aan haar, zijn wraak omdat ze hem buitensloot. Zij negeerde hem, daarom negeerde hij haar. Of misschien weigerde hij te lezen wat ze had geschreven om zichzelf te beschermen. Misschien was dat zijn diepere beweegreden: de bliksem afleiden. Toen had hij op een dag, zonder er met wie dan ook over te reppen, zelfs zonder er met zichzelf over te reppen, een van haar boeken uit de bibliotheek gehaald. Daarna had hij alles gelezen, onverholen gelezen, in de trein, aan tafel tijdens de lunch. 'Wat ben je aan het lezen?' 'Een van mijn moeders boeken.'

Hij komt in haar boeken voor, althans in sommige. Ook anderen herkent hij, en er moeten er veel meer zijn die hij niet herkent. Over seks, over passie, jaloezie en afgunst schrijft ze met een inzicht dat hem schokt. Het is bepaald onfatsoenlijk.

Ze choqueert hem, dat doet ze waarschijnlijk ook andere lezers. Dat is waarschijnlijk ook, in ruimer perspectief, waarvoor ze leeft. Wat een vreemde beloning voor een leven lang mensen choqueren: naar deze stad in Pennsylvania vervoerd worden en geld toe krijgen! Want ze is volstrekt geen schrijfster die troost biedt. Ze is zelfs wreed, op een manier waarop vrouwen dat kunnen zijn, maar waartoe mannen zelden het lef hebben. Wat voor een schepsel is ze eigenlijk? Geen zeeleeuwin: niet beminnelijk genoeg. Maar ook geen haai. Een katachtige. Zo'n grote kat, die als ze de ingewanden uit haar slachtoffer trekt even pauzeert en je, over de opengereten buik heen, met een koude, gele blik aanstaart.

Beneden wacht een vrouw op hen, dezelfde jonge vrouw die hen van de luchthaven heeft gehaald. Haar naam is Teresa. Ze geeft les aan Altona College, maar in de sfeer van de Stowe Award is ze slechts een factotum, een slaafje, en in een bredere context een figuur van het tweede plan.

Hij gaat voor in de auto naast Teresa zitten, zijn moeder zit achterin. Teresa is opgewonden, zo opgewonden dat ze honderduit babbelt. Ze vertelt over de buurten waar ze doorheen rijden, over Altona College en de geschiedenis ervan, over het restaurant waarnaar ze op weg zijn. Tussen al haar gebabbel door weet ze snel twee piepkleine persoonlijke opmerkingen te plaatsen. 'Afgelopen najaar hadden we A.S. Byatt hier,' zegt ze. 'Wat vindt u van A.S. Byatt, mevrouw Costello?' En later: 'Wat vindt u van Doris Lessing, mevrouw Costello?' Ze is een boek aan het schrijven over vrouwelijke auteurs en politiek; haar zomers wijdt ze in Londen aan wat ze onderzoek noemt; het zou hem niet verbazen als ze ergens in de auto een cassetterecorder verstopt had.

Zijn moeder heeft een term voor dit soort mensen. 'Goudvissen' noemt ze hen. Je denkt dat ze klein en ongevaarlijk zijn, zegt ze, want ze willen nooit meer dan een heel klein stukje vlees, niet meer dan een zoveelste deel van een milligram. Ze ontvangt wekelijks brieven van hen, op het adres van haar uitgever. Er is een tijd geweest dat ze ze beantwoordde: Bedankt voor uw belangstelling, helaas heb ik het te druk om zo uitvoerig te reageren als uw brief eigenlijk verdient. Op een gegeven moment hoorde ze van een kennis wat die met de hand geschreven brieven van haar in de handel opbrachten. Toen is ze opgehouden met antwoorden.

Goudspikkels die om de stervende walvis heen cirkelen, hun kans afwachten om erop af te schieten en snel een hapje te nemen.

Ze komen aan bij het restaurant. Het regent zachtjes. Teresa zet hen voor de deur af en gaat de auto wegzetten. Even staan ze alleen op het trottoir. 'We kunnen er nog tussenuit knijpen,' zegt hij. 'Het is nog niet te laat. We kunnen een taxi nemen en langs het hotel rijden om onze spullen op te halen, we kunnen om half negen op de luchthaven zijn en de eerste de beste vlucht nemen. We zijn verdwenen tegen de tijd dat de sterke arm arriveert.'

Hij glimlacht. Zij glimlacht. Ze zullen het programma gewoon afwerken, dat hoeft nauwelijks betoog. Maar het is leuk om op zijn minst even te spelen met het idee ertussenuit te knijpen. Grapjes, geheimen, samenzwerinkjes, af en toe een blik van verstandhouding, dan weer een enkel woord: dat is hun manier van contact houden, van afstand houden. Hij zal haar schildknaap zijn, zij zijn ridder. Hij zal haar beschermen zolang hij daartoe in staat is. Dan zal hij haar in haar harnas helpen, haar op haar ros tillen, haar schild aan haar arm bevestigen, haar haar lans aanreiken en terugtreden.

In het restaurant speelt zich een voornamelijk uit dialoog bestaande scène af, die we zullen overslaan. Als we doorgaan zijn we weer in het hotel en vraagt Elizabeth Costello haar zoon het rijtje mensen door te nemen die ze zojuist hebben ontmoet. Hij gehoorzaamt, geeft van eenieder naam en functie, zoals het ook echt ging. Hun gastheer, William Brautegam, is decaan van de letterenfaculteit van Altona. De voorzitter van de jury, Gordon Wheatley, is een Canadees, hoogleraar aan McGill, en heeft publicaties op zijn naam staan over Canadese literatuur en over Wilson Harris. De vrouw die Toni genoemd wordt en die haar over Henry Handel Richardson sprak, is van Altona College. Ze is gespecialiseerd in Australië, waar ze ook gedoceerd heeft. Ze kent Paula Sachs. De kale man, Kerrigan, is schrijver, hij is Ier van geboorte en woont nu in New York. Het vijfde jurylid, de vrouw die naast hem zat, heet Moebius. Ze doceert in Californië en redigeert een tijdschrift. Ze heeft ook een paar korte verhalen gepubliceerd.

'Jullie hadden het wel heel gezellig met elkaar,' zei zijn moeder. 'Ze is knap, hè?'

'Gaat wel, ja.'

Ze denkt na. 'Maar is het je niet opgevallen dat ze met zijn allen over het geheel genomen niet bepaald...'

'Niet bepaald zwaargewichten zijn?'

Ze knikt.

'Ja, dat is zo. De zwaargewichten laten zich niet in met dit soort openlijk vertoon. Zwaargewichten worstelen met zwaarwichtige problemen.'

'Ben ik te weinig zwaargewicht voor ze?'

'Nee, jij bent echt wel een zwaargewicht. Wat er bij jou aan schort is dat je geen probleem bent. Van wat jij schrijft is nog niet aangetoond dat het een probleem is. Pas als jij jezelf als probleem stelt, zul je misschien in hun straatje passen. Maar voor het moment ben je geen probleem, je bent alleen een voorbeeld.'

'Een voorbeeld waarvan?'

'Een schrijfvoorbeeld. Een voorbeeld hoe iemand met jouw status, iemand van jouw generatie en jouw afkomst, schrijft. Een toonbeeld.'

'Een toonbeeld? Mag ik daar bezwaar tegen maken?

Na al die moeite die ik heb gedaan om niet te schrijven zoals anderen?'

'Moeder, het heeft geen zin om met míj de strijd aan te gaan. Ik ben niet verantwoordelijk voor de manier waarop de wetenschap jou ziet. Maar je moet toch toegeven dat we in zekere zin spreken en daarom ook schrijven zoals anderen doen. Anders zouden we allemaal een eigen taal spreken en schrijven. Het is niet onzinnig – toch? – om je bezig te houden met wat mensen gemeen hebben en niet met wat hen onderscheidt.'

De volgende ochtend raakt John opnieuw verzeild in een literair debat. In de fitnessruimte van het hotel loopt hij Gordon Wheatley tegen het lijf, de voorzitter van de jury. Naast elkaar op trimfietsen gezeten voeren ze luidkeels een gesprek. Zijn moeder zal teleurgesteld zijn, zegt hij – niet helemaal serieus – tegen Wheatley, als ze hoort dat ze de Stowe Award alleen maar heeft gekregen omdat de winnaar van 1995 uit Austraal-Azië moest komen.

'Wat wil ze dan?' roept Wheatley terug.

'Dat zij de beste is,' antwoordt hij. 'Dat die jury van u haar echt de beste vindt. Niet de beste uit Australië, niet de beste vrouw uit Australië, gewoon de beste.'

'Als het oneindige niet bestond, zouden we geen wiskunde hebben,' zegt Wheatley. 'Maar dat betekent niet dat het oneindige bestaat. Het oneindige is maar een bedenksel, een menselijk bedenksel. Natuurlijk vinden we pertinent dat Elizabeth Costello de beste is. We moeten alleen goed bedenken wat zo'n bewering betekent in de context van de tijd waarin we leven.'

De analogie met het oneindige slaat volgens hem nergens op, maar hij gaat er niet op in. Hij hoopt dat Wheatley niet even slecht schrijft als hij denkt.

Het realisme heeft nooit goed raad geweten met ideeën. Dat kan ook niet anders: realisme is gebaseerd op de gedachte dat ideeën geen autonoom bestaan hebben, maar alleen kunnen bestaan in dingen. Dus wanneer het om ideeën gaat, zoals hier, is men in het realisme gedwongen situaties te bedenken – een wandeling op het land, gesprekken – waarin personages uiting geven aan tegenstrijdige ideeën en ze daarbij in zekere zin belichamen. Het begrip 'belichamen' blijkt cruciaal te zijn. In dat soort discussies gaan ideeën niet vrij hun gang, en dat kan ook niet: ze zijn gebonden aan de sprekers door wie ze worden verkondigd en ze komen voort uit het geheel van individuele belangen vanwaaruit de verkondigers handelen – bijvoorbeeld de wens van de zoon dat zijn moeder niet behandeld zal worden als een onbeduidende postkoloniale auteur of Wheatley's wens niet beschouwd te worden als een ouderwetse absolutist.

Om elf uur klopt hij op de deur van haar kamer. Ze heeft een lange dag voor de boeg: een interview, een uitzending door de radio-omroep van het college, en dan 's avonds de plechtige uitreiking en de speech die daarbij hoort.

Tegenover interviewers heeft ze de strategie om de leiding van het gesprek over te nemen en ze brokken dialoog te presenteren die ze zo vaak heeft gerepeteerd dat hij zich afvraagt of ze in haar geest geen vaste vorm hebben aangenomen en een soort waarheid zijn geworden. Een lang verhaal over haar kinderjaren in de buitenwijken van Melbourne (krijsende kaketoes achter in de tuin) met een uitweiding over het gevaar dat het gevoel van veiligheid van de middenklasse oplevert voor de fantasie. Een verhaal over de dood van haar vader in Malakka, buiktyfus, terwijl haar moeder ergens op de achtergrond op de piano walsen van Chopin speelt, gevolgd door een opeenvolging van naar het lijkt geïmproviseerde gedachten over de invloed van muziek op haar proza. Een verhaal over haar lectuur toen ze adolescent was (gretig, een alleslezer), dan ineens naar Virginia Woolf, die ze als studente voor het eerst las, en het schokeffect dat Woolf op haar had. Een verhaal over haar korte periode op de kunstacademie, gevolgd door een verhaal over de anderhalf jaar in het naoorlogse Cambridge ('Wat ik me voornamelijk herinner is de moeite die je moest doen om warm te blijven'), en een verhaal over haar jaren in Londen ('Ik had de kost wel kunnen verdienen als vertaler, denk ik, maar mijn beste taal was Duits, en Duits was in die dagen niet populair, zoals u zich wel kunt voorstellen'). Over haar eerste roman, waar ze enigszins geringschattend over spreekt, hoewel die als debuut met kop en schouders boven de concurrentie uitstak, dan haar jaren in Frankrijk ('een wilde tijd'), met een vluchtig uitstapje naar haar eerste huwelijk. Dan haar terugkeer naar Australië met haar zoontje. Met hem.

Al met al, oordeelt hij meeluisterend, een ambachtelijke prestatie, als je dat woord nog kunt gebruiken, het heeft bijna een uur geduurd, zodat slechts een paar minuten resteren om ontwijkende antwoorden te geven op vragen die beginnen met 'Wat vindt u van...?' Wat denkt ze over neoliberalisme, de vrouwenbeweging, rechten van aboriginals, de hedendaagse Australische roman? Hij kent haar nu bijna veertig jaar, hij ziet haar met tussenpozen, en nog steeds weet hij niet wat ze denkt over de grote vraagstukken. Hij weet het niet, en eigenlijk is hij dankbaar dat hij het niet hoeft te horen. Want haar ideeën zijn waarschijnlijk even oninteressant als die van de meeste mensen, vermoedt hij. Ze is auteur, geen filosoof. Auteurs en filosofen, ze zijn als appels en peren. Nee, geen appels en peren: vissen en vogels. Maar welke van de twee is ze, vis of vogel? Wat is haar element: water of lucht?

De interviewster van vanochtend, die voor de gelegenheid uit Boston is overgekomen, is jong, en zijn moeder kan in het algemeen wel wat hebben van jonge mensen. Maar deze heeft een dikke huid en ze laat zich niet met een kluitje in het riet sturen. 'Wat is volgens u uw belangrijkste boodschap?' blijft ze aandringen.

'Mijn boodschap? Moet ik per se een boodschap uitdragen?'

Geen sterk weerwoord, en de interviewster buit haar overwicht uit. 'In *The House on Eccles Street* weigert uw hoofdpersoon Marion Bloom met haar man naar bed te gaan zolang hij niet weet wie hij is. Is dat wat u wilt zeggen: dat vrouwen zich afzijdig moeten houden zolang mannen geen nieuwe, postpatriarchale identiteit hebben ontwikkeld?'

Zijn moeder werpt een blik naar hem. Help! wil ze ermee uitdrukken, op een koddige manier.

'Interessante gedachte,' mompelt ze. 'In het geval van Marions man zou het wel heel hard zijn om te eisen dat hij een nieuwe identiteit ontwikkelt, want hij is een man met – hoe zal ik het zeggen? – met een onvaste identiteit, met vele gezichten.'

Eccles Street is een geweldige roman, die misschien net zo'n lang leven beschoren zal zijn als *Ulysses*; in elk geval tot lang nadat de schrijfster het graf in is gegaan. Hij was nog maar een kind toen zij het schreef. Hij wordt er onrustig van en het duizelt hem als hij bedenkt dat het wezen dat *Eccles Street* heeft voortgebracht ook hem heeft voortgebracht. Het is tijd om in te grijpen, haar te redden van een ondervraging die vervelend dreigt te worden. Hij staat op. 'Moeder, ik geloof dat we moeten stoppen,' zegt hij. 'We worden opgehaald voor het radioprogramma.' En tegen de interviewster: 'Dank u, maar we moeten het hierbij laten.'

De interviewster is ontstemd. Zal ze hem een rol toebedelen in het artikel dat ze gaat schrijven: de schrijfster die haar beste tijd heeft gehad en haar bazige zoon?

In de radiostudio worden ze van elkaar gescheiden. Hij wordt naar de controlekamer gebracht. De nieuwe interviewster, ziet hij tot zijn verrassing, is de bevallige Moebius, de vrouw naast wie hij tijdens het diner heeft gezeten. 'Dit is Susan Moebius, het programma is *Schrijvers aan het werk*, en vandaag spreken we met Elizabeth Costello,' zo begint ze, en ze vervolgt met een bondige inleiding. 'Uw meest recente roman,' gaat ze verder, 'is getiteld *Fire and Ice*, speelt in het Australië van de jaren dertig en is het verhaal van een jongeman die een strijd voert tegen zijn familie en de maatschappij om zich te ontwikkelen tot schilder. Had u iemand in het bijzonder in gedachten toen u de roman schreef? Heeft hij betrekking op uw eigen jonge jaren?'

'Nee, in de jaren dertig was ik nog een kind. Natuurlijk heeft alles altijd betrekking op ons eigen leven – dat is onze belangrijkste bron, in zekere zin onze enige bron. Maar nee, *Fire and Ice* is niet autobiografisch. Het is fictie. Ik heb het verzonnen.'

'Het is een sterk boek, dat moet ik onze luisteraars zeggen. En, vindt u het makkelijk, schrijven vanuit het standpunt van een man?'

Het is een routinevraag, die haar de opening biedt

een van haar routineverhalen te spuien. Tot zijn verrassing maakt ze van de gelegenheid geen gebruik.

'Makkelijk? Nee. Als het makkelijk was, zou het niet de moeite waard zijn. Juist het andere is de uitdaging. Iemand bedenken die anders is dan jezelf. Een wereld bedenken waarin die persoon kan bewegen. Een Australië bedenken.'

'Wilt u zeggen dat u dat in uw boeken doet, een Australië bedenken?'

'Ja, ik geloof van wel. Maar dat is tegenwoordig niet zo makkelijk. Je voelt de weerstand, de druk van de vele Australiës die door andere mensen zijn bedacht en waar je tegenin moet gaan. Dat is wat we met traditie bedoelen, het prille begin van een traditie.'

'Ik wilde nu verdergaan met *The House on Eccles Street*, het boek waaraan u in dit land vooral uw bekendheid ontleent, een baanbrekend boek, en met de figuur van Molly Bloom. Critici hebben zich vooral beziggehouden met de manier waarop u Molly van Joyce hebt opgeëist of teruggeëist, haar tot de uwe hebt gemaakt. Zou u iets kunnen zeggen over uw bedoelingen met dit boek, met name over de manier waarop u Joyce, een van de vaderfiguren van de moderne literatuur, op eigen terrein uitdaagt?'

Een tweede duidelijke opening, en deze keer maakt ze er wel gebruik van.

'Ja, een innemend personage, hè, Molly Bloom – de Molly van Joyce, bedoel ik. In *Ulysses* laat ze van bladzijde tot bladzijde haar spoor na, zoals een loopse teef haar geur. Niet om te verleiden, zo kun je het niet noemen – het is rauwer. Mannen pikken de geur op, beginnen te snuffelen, om elkaar heen te draaien en naar elkaar te grommen, zelfs als Molly nergens te bekennen is.

Nee, ik zie mezelf niet als iemand die Joyce uitdaagt. Maar sommige boeken hebben zo'n tomeloze originaliteit dat er per slot van rekening een overvloed aan materiaal overblijft, materiaal dat er bijna om vraagt dat je het oppakt en gebruikt om zelf iets te maken.'

'Maar, Elizabeth Costello, u hebt Molly uit het huis gehaald – als ik uw metafoor mag voortzetten –, haar uit het huis aan Eccles Street gehaald, waar haar man en haar minnaar, en in zekere zin haar auteur haar hebben opgesloten, waar ze van haar een soort bijenkoningin hebben gemaakt die niet kan vliegen, u hebt haar daar weggehaald en losgelaten op de straten van Dublin. Ziet u dat niet als een uitdaging van uw kant aan Joyce, een reactie?'

'Bijenkoningin, teef... Laten we het personage eens anders zien en haar een leeuwin noemen die de straten afschuimt, ruikt wat er te ruiken is, ziet wat er te zien is. Op een prooi uit zelfs. Ja, ik wilde haar bevrijden uit dat huis, en vooral uit die slaapkamer met dat bed met die piepende springveren, en haar loslaten – zoals u het uitdrukt – op Dublin.'

'Als u Molly – de Molly van Joyce – ziet als een gevangene in het huis aan Eccles Street, bedoelt u dan dat u vrouwen in het algemeen ziet als gevangenen van huwelijk, huis en haard?'

'U bedoelt vast niet de vrouwen van tegenwoordig. Maar inderdaad, tot op zekere hoogte is Molly een gevangene van het soort huwelijk zoals dat in het Ierland van 1904 bestond. Haar man Leopold is ook een gevangene. Terwijl zij in de echtelijke woning wordt ingesloten, wordt hij buitengesloten. We zien dus Odysseus die naar binnen wil en Penelope die naar buiten wil. Dat is de komedie, de komische mythe, waaraan Joyce en ik ieder op onze eigen manier eer wilden bewijzen.'

Omdat beide vrouwen een koptelefoon op hebben en in de microfoon praten in plaats van in elkaars richting, kan hij moeilijk zien of ze het met elkaar kunnen vinden. Maar hij is, als altijd, onder de indruk van de manier waarop zijn moeder weet over te komen: als iemand met een aangenaam gezond verstand, een totaal gebrek aan kwaadaardigheid, maar wel scherpzinnig.

'Ik wil u wel vertellen,' vervolgt de interviewster (een koele stem, denkt hij: een koele vrouw, bekwaam, volstrekt geen lichtgewicht), 'wat een schok *The House on Eccles Street* bij mij teweegbracht toen ik het in de jaren zeventig voor het eerst las. Ik studeerde, ik had het boek van Joyce gelezen, ik had het befaamde hoofdstuk over Molly Bloom in me opgenomen en ook de gangbare opvatting van de literatuurwetenschap, namelijk dat Joyce hier een authentieke stem heeft gegeven aan het vrouwelijke, aan de sensuele realiteit van de vrouw, dat soort dingen. En toen las ik uw boek en besefte ik dat Molly niet zo beperkt hoefde te zijn als Joyce haar voorstelde, dat ze ook heel goed een intelligente vrouw kon zijn met belangstelling voor muziek, een eigen vriendenkring en een dochter met wie ze vertrouwelijk omging – het was een openbaring, zoals ik al zei. Ik ben me toen gaan afvragen hoe het zat met andere vrouwen van wie we vinden dat ze een stem hebben gekregen van mannelijke auteurs, zogenaamd omwille van hun bevrijding maar uiteindelijk slechts ten dienste van een mannelijk wereldbeeld. Ik denk in het bijzonder aan de vrouwen van D.H. Lawrence, maar als je verder teruggaat, horen Tess of the d'Urbervilles en Anna Karenina er misschien ook bij, om er een paar te noemen. Het is wellicht wat veel gevraagd, maar ik wil graag weten of u daar iets over te zeggen hebt – niet alleen over Molly Bloom en de anderen, maar over het project in het algemeen de levens van vrouwen terug te eisen.'

'Nee, ik denk niet dat ik er iets over wil zeggen, ik geloof dat u het allemaal heel goed hebt verwoord. En eerlijk is eerlijk, natuurlijk zullen mannen ook de Heathcliffs en Rochesters moeten losmaken uit de romantische indeling in stereotypen, om niet te spreken van die arme, oude, stoffige Casaubon. Dat zal een mooi schouwspel opleveren. Maar serieus, we kunnen niet eeuwig doorgaan met parasiteren op de klassieken. En dan sluit ik mezelf niet uit. We moeten zelf eens aan de slag en wat nieuws bedenken.'

Dit staat helemaal niet in het draaiboek. Een nieuw uitgangspunt. Waartoe zal dat leiden? Maar helaas, de vrouw Moebius (die nu een blik werpt op de studioklok) pakt het niet op.

'Uw meer recente romans spelen zich weer af in een Australische omgeving. Kunt u iets zeggen over uw visie op Australië? Wat betekent het voor u om een Australische auteur te zijn? Australië is een land dat nog steeds heel ver weg ligt, in elk geval voor Amerikanen. Bent u zich daar tijdens het schrijven van bewust: dat u verslag doet vanuit een uithoek?'

'Een uithoek. Interessante uitdrukking. U zult vandaag de dag niet veel Australiërs bereid vinden die dat ook zo zien. "Een uithoek ten opzichte van wat?" zouden ze zeggen. Niettemin heeft het woord een zekere betekenis, ook al is het een betekenis die ons door de geschiedenis is opgedrongen. Wij Australiërs zijn niet erg extreem – ik zou zeggen dat we nogal pacifistisch zijn – maar we zijn wel extravagant. We hebben onze hebben onze extravagantie kunnen uitleven omdat er niet veel weerstand was. Als je valt, is er niet veel dat je tegenhoudt.'

Ze zijn weer terug bij de gemeenplaatsen, op vertrouwd terrein. Hij kan ophouden met luisteren.

We slaan een stuk over en gaan naar de avond, naar het evenement waar het om te doen is, de prijsuitreiking. Als zoon en begeleider van de spreekster zit hij in de zaal op de eerste rij, tussen de speciale gasten. De vrouw links van hem stelt zich aan hem voor. 'Onze dochter zit op Altona,' zegt ze. 'Ze gaat cum laude promoveren op een proefschrift over uw moeder. Ze is een grote fan van haar. Wij moesten alles van haar lezen.' Ze tikt op de pols van haar man. Zo te zien zijn het mensen met geld, oud geld. Ze doen vast grote schenkingen aan goede doelen. 'Uw moeder wordt in dit land zeer bewonderd. Vooral door jonge mensen. Ik hoop dat u dat aan haar zult overbrengen.'

Overal in Amerika schrijven jonge vrouwen proefschriften over zijn moeder. Bewonderaarsters, volgelingen, discipelen. Zou zijn moeder het leuk vinden om te horen dat ze Amerikaanse discipelen heeft?

De scène van de uitreiking zelf slaan we over. Het is niet goed om het verhaal te vaak te onderbreken, aangezien de vertelkunst erop berust de lezer of luisteraar in een soort droomtoestand te brengen waarin ruimte en tijd van de werkelijke wereld vervaagd zijn en vervangen door de ruimte en de tijd van het verhaal. Inbreken in de droom vestigt de aandacht op de geconstrueerdheid van het verhaal en vernietigt de illusie van realiteit. Maar als we sommige scènes niet overslaan, komen we de middag niet door. Het overslaan gebeurt niet in de tekst, het gebeurt in de voorstelling.

De prijs wordt dus uitgereikt, waarna zijn moeder alleen achter het spreekgestoelte achterblijft voor het houden van haar dankrede, die, zoals in het programma staat, is getiteld: 'Wat is realisme?' Het is voor haar het moment te laten zien wat ze vermag.

Elizabeth Costello zet haar leesbril op. 'Dames en heren,' zegt ze, en ze begint aan haar lezing.

'Mijn eerste boek werd uitgegeven in 1955 toen ik in Londen woonde, wat in die tijd voor ons tegenvoeters dé grote culturele wereldstad was. De dag staat me nog helder voor de geest waarop het postpakket werd bezorgd, het eerste exemplaar, voor de auteur. Ik was natuurlijk dolblij om het gedrukt en gebonden in handen te hebben, het echte werk, onmiskenbaar. Maar ik bleef een zeurend gevoel houden. Ik pakte de telefoon en belde mijn uitgever. "Zijn de depotexemplaren al de deur uit?" vroeg ik. En ik rustte niet voordat ze me hadden verzekerd dat de archiefexemplaren nog dezelfde dag verstuurd zouden worden, naar Schotland en naar de Bodleian en zo, maar vooral naar het British Museum. Dat was mijn grote ambitie, een plekje te hebben op de planken van het British Museum, in het gezelschap van de andere C's, de groten: Carlyle, Chaucer, Coleridge en Conrad. (Grappig genoeg blijkt mijn naaste literaire buur Marie Corelli te zijn.)

Nu moet je glimlachen om zo'n naïviteit. Maar achter mijn bezorgde vraag ging wel degelijk iets serieus schuil, en achter dat serieuze weer iets sentimenteels, dat minder makkelijk te erkennen valt.

Ik zal het uitleggen. Je wilt niet denken aan alle exemplaren van het boek dat je geschreven hebt die het niet zullen redden – al die exemplaren waar pulp van zal worden gemaakt omdat er geen kopers voor te vinden zijn, al die exemplaren die opengeslagen en vervolgens, nadat er een bladzijde of twee in gelezen is, met een geeuw voorgoed terzijde gelegd worden, al die exemplaren die achtergelaten worden in badhotels of in treinen – je wilt niet denken aan alle exemplaren die verloren gaan, je wilt het gevoel hebben dat tenminste één exemplaar niet alleen gelezen wordt, maar dat er ook goed voor gezorgd wordt, dat het een thuis krijgt, dat het een plek krijgt op de plank die definitief de zijne zal zijn. Achter mijn bezorgdheid over de archiefexemplaren lag het verlangen om te weten dat, zelfs als ik de volgende dag onder een bus zou komen, mijn eerstgeborene een thuis zou hebben waar hij, als het lot dat zo beschikte, de eerste honderd jaar zou kunnen sluimeren zonder dat iemand met een stok in hem kwam prikken om te zien of hij nog leefde.

Dat was één aspect van mijn telefoontje: als ik, dit sterfelijke omhulsel, dood zal gaan, laat mij dan tenminste voortleven in mijn scheppingen.'

Elizabeth Costello vervolgt met een overdenking over de vergankelijkheid van de roem. Wij slaan een gedeelte over.

'Maar natuurlijk zal het British Museum of (tegenwoordig) de British Library niet eeuwig blijven bestaan. Ook die raakt in verval en gaat ten onder, en de boeken die er op de planken staan, zullen tot stof vergaan. En hoe dan ook, lang voordat het zover is, worden, omdat het papier verzuurt, omdat het ruimtetekort steeds groter wordt, de lelijke, ongelezen en ongewenste exemplaren afgevoerd naar een plek waar ze in een oven gegooid worden en wordt ieder spoor ervan uit de algemene catalogus verwijderd. Dan zal het zijn alsof ze nooit hebben bestaan.

Dat is een ander beeld van de Bibliotheek van Babel, een beeld dat mij meer verontrust dan dat van

Jorge Luis Borges. Geen bibliotheek waarin alle denkbare boeken uit verleden, heden en toekomst naast elkaar staan, maar een bibliotheek waarin boeken waarover wel degelijk echt is nagedacht en die echt zijn geschreven en uitgegeven, zullen ontbreken, zelfs in de herinnering van de bibliothecarissen.

Dat was dus het andere, meer sentimentele aspect van mijn telefoontje. Vertrouwen in de British Library of de Library of Congress zal ons net zomin behoeden voor de vergetelheid als vertrouwen in onze eigen faam. Daaraan moet ik mijzelf herinneren, en daaraan moet ik ook u herinneren, op deze voor mij zo vererende avond op Altona College.

Nu ga ik me bezighouden met mijn onderwerp, "Wat is realisme?"

Er bestaat een verhaal van Franz Kafka – wellicht kent u het – waarin een speciaal voor de gelegenheid aangeklede mensaap een rede houdt voor een academisch genootschap. Het is een redevoering, maar het is ook een proefwerk, een examen, een mondelinge test. De aap moet tonen dat hij niet alleen de taal van zijn publiek spreekt, maar ook dat hij zich hun manieren en gewoonten eigen heeft gemaakt, dat hij geschikt is om deel uit te maken van hun genootschap.

Waarom memoreer ik hier dit verhaal van Kafka? Wil ik net doen alsof ik die aap ben, weggerukt uit mijn natuurlijke omgeving, gedwongen op te treden op een bijeenkomst van onbekenden die mij kritisch bekijken? Ik hoop van niet. Ik ben niet anders dan u, ik ben niet van een andere soort.

Als u het verhaal kent, zult u zich herinneren dat het gegoten is in de vorm van een monoloog, een monoloog van de aap. In die opzet zijn er geen mogelijkheden om spreker of publiek te tonen door de ogen van een buitenstaander. Voor ons is niet na te gaan of de spreker misschien niet een echte aap is, misschien is hij gewoon een mens als wij, die zichzelf wijsmaakt dat hij een aap is, of een mens die zich, met een forse dosis ironie, om retorische redenen voordoet als een aap. Evenzogoed bestaat het publiek misschien niet zoals we denken uit besnorde heren met rode hoofden die hun safari-jasjes en tropenhelmen hebben verwisseld voor avondkleding, maar ook uit apen die, als ze al niet door africhting het niveau hebben van de spreker, die ingewikkelde zinnen in het Duits kan uitspreken, in elke geval stil kunnen zitten en luisteren, of die, als hun ook dat niet is bijgebracht, vastgebonden zitten op hun stoelen en hebben geleerd om niet te kakelen, elkaar niet te vlooien en zich niet in het openbaar te ontlasten.

We weten het niet. We weten het niet en we zullen nooit met zekerheid weten wat er in dit verhaal werkelijk gebeurt: of het gaat over een mens die mensen toespreekt, een aap die apen toespreekt, een aap die mensen toespreekt of een mens die apen toespreekt (hoewel het laatste volgens mij onwaarschijnlijk is) of zelfs misschien over een papegaai die papegaaien toespreekt.

Er is een tijd geweest dat we het wel wisten. Vroeger geloofden we dat de tekst "Op tafel stond een glas water" werkelijk betekende dat er sprake was van een tafel met een glas water erop, en we hoefden maar in de woordenspiegel van de tekst te kijken om ze te zien.

Maar dat is allemaal verleden tijd. De woordenspiegel is onherstelbaar gebroken, lijkt het. Naar wat er werkelijk plaatsvindt in die gehoorzaal kunnen u en ik alleen maar gissen: mensen en mensen, mensen en apen, apen en mensen, apen en apen. De gehoorzaal is misschien niets anders dan een dierentuin. De woorden op het papier staan niet langer in het gelid, klaar om vertrouwd te worden, ieder voor zich met de uitroep "Ik beteken wat ik beteken!" Het woordenboek, dat vroeger naast de bijbel en de werken van Shakespeare stond, boven de haard waar in vrome Romeinse huizen de huisgoden zetelden, is inmiddels niet meer dan een codeboek geworden temidden van vele andere.

Dat is de situatie waarin ik voor u verschijn. Ik wil het privilege u vanaf deze plaats te mogen toespreken niet misbruiken voor het maken van zinloze, nihilistische grappen over de vraag wie ik ben, aap of vrouw, en wie u bent, mijn toehoorders. Dat is niet de strekking van het verhaal, zeg ik, die evenwel niet in de positie ben om te dicteren wat dan wel de strekking van het verhaal is. Er is een tijd geweest, zo geloven we, waarin we konden zeggen wie we waren. Nu zijn we alleen nog maar toneelspelers die onze rol opzeggen. De bodem is weggevallen. We zouden dit als een tragische ontwikkeling kunnen beschouwen, ware het niet dat het moeilijk is om respect op te brengen voor wat die bodem die is weggevallen geweest mag zijn – die was een illusie, zo komt het ons nu voor, zo'n illusie die alleen in stand blijft als iedereen in de zaal zijn blik er strak op gericht houdt. Kijk je ook maar even de andere kant op, dan valt de spiegel op de grond in stukken.

Ik heb dus, nu ik hier zo voor u sta, alle reden om helemaal niet zeker van mezelf te zijn. Ondanks deze fantastische prijs, waarvoor ik zeer dankbaar ben, ondanks de belofte die hij inhoudt, dat ik, eenmaal opgenomen in het illustere gezelschap van degenen aan wie hij vóór mij is toegekend, zal ontkomen aan de afgunstige klauwen van de tijd, weten we allemaal, als we realistisch zijn, dat het slechts een kwestie van tijd is voordat de boeken die u nu eer bewijst en met het ontstaan waarvan ik iets te maken heb gehad, niet meer gelezen zullen worden en uiteindelijk ook uit de herinnering zullen verdwijnen. En zo hoort het ook. De last van de herinnering die we aan onze kinderen en kleinkinderen meegeven, moet enige begrenzing kennen. Zij zullen in een wereld leven die de hunne is, en daar moeten wij steeds minder deel van uitmaken. Dank u.'

Het applaus komt aarzelend op gang, zwelt dan aan. Zijn moeder zet haar bril af, glimlacht. Het is een innemende glimlach: ze lijkt van het moment te genieten. Toneelspelers mogen zich wentelen in het applaus, verdiend of onverdiend – toneelspelers, zangers, violisten. Waarom zou zijn moeder niet ook haar moment van roem mogen hebben?

Het applaus sterft weg. Decaan Brautegam buigt zich naar de microfoon. 'Er zijn drankjes te krijgen –'

'Pardon! Mag ik wat zeggen?' Een heldere, zelfverzekerde jonge stem klinkt door die van de decaan heen.

Er is onrust in de zaal. Er wordt achteromgekeken.

'Er zijn drankjes te krijgen in de foyer, en daar is ook een uitstalling van de boeken van Elizabeth Costello. Wij hopen u daar allen te mogen begroeten. Nu rest mij nog slechts –'

'Pardon! Mag ik wat zeggen?'

'Ja?'

'Ik heb een vraag.'

Degene die gesproken heeft staat op, een jonge

vrouw in een rood met wit Altona-sweatshirt. Brautegam is duidelijk in verlegenheid gebracht. En bij zijn moeder is de glimlach van het gezicht verdwenen. Hij kent die blik. Ze heeft er genoeg van, ze wil weg.

'Ik weet het niet,' zegt Brautegam met een frons, links en rechts kijkend op zoek naar hulp. 'In onze opzet van de avond is er geen mogelijkheid opgenomen voor het stellen van vragen. Ik wil graag mijn dank uitspreken...'

'Pardon! Ik heb een vraag aan de spreekster. Mag ik de spreekster een vraag stellen?'

Er valt een stilte. Alle ogen zijn gericht op Elizabeth Costello. IJzig kijkt ze in de verte.

Brautegam vermant zich. 'Ik wil graag mijn dank uitspreken aan mevrouw Costello, die wij vanavond hebben willen huldigen. Graag zien wij u allen terug in de foyer. Dank u.' En hij schakelt de microfoon uit.

Terwijl de zaal leegloopt, is er geroezemoes. Een incident, goh. Hij ziet het meisje met de rood-witte trui voor zich uit in de menigte lopen. Ze loopt kaarsrecht en lijkt boos. Wat had de vraag zullen zijn? Was het niet beter geweest hem maar te laten stellen?

Hij vreest dat de scène zich in de foyer zal herhalen. Maar er is geen scène. Het meisje is weggegaan, het donker in, misschien wel rennend. Toch laat het incident een nare smaak na; wat je er ook van vindt, de avond is bedorven.

Wat had ze willen vragen? Mensen fluisteren in groepjes. Het lijkt alsof ze er een duidelijk idee van hebben. Hij heeft ook een duidelijk idee. Het heeft te maken met wat men had verwacht dat Elizabeth Costello, de beroemde schrijfster, bij een gelegenheid als deze zou zeggen maar niet gezegd heeft.

Hij ziet inmiddels decaan Brautegam en anderen

om zijn moeder heen drommen om te proberen de kwestie te sussen. Na alles wat ze gedaan hebben om de avond tot een succes te maken, willen ze graag dat ze naar huis gaat met een positief beeld van hen en het college. Maar ze kijken vast ook vooruit naar 1997, in de hoop dat de jury van 1997 een wat meer tot de verbeelding sprekende winnaar zal voordragen.

We slaan de rest van de scène in de foyer over, verplaatsen ons naar het hotel.

Elizabeth Costello trekt zich terug voor de nacht. Haar zoon blijft op zijn kamer nog enige tijd televisiekijken. Dan wordt hij onrustig en gaat naar de lounge beneden, waar de eerste de beste die hij ziet de vrouw is die zijn moeder voor de radio heeft geïnterviewd, Susan Moebius. Ze wenkt hem. Ze is daar met iemand anders, maar die vertrekt spoedig, zodat ze met zijn tweeën achterblijven.

Hij vindt Susan Moebius aantrekkelijk. Ze is goed gekleed, beter dan in academische kringen doorgaans passend wordt gevonden. Ze heeft lang, goudblond haar, ze zit rechtop in haar stoel, schouders achteruit; als ze haar haren naar achteren werpt, is die beweging heel vrouwelijk.

Ze omzeilen de gebeurtenissen van de avond. Ze praten over de wederopbloei van de radio als cultureel medium. 'Het was een interessant gesprek dat je met mijn moeder had,' zegt John. 'Ik weet dat je een boek over haar hebt geschreven, maar helaas heb ik dat niet gelezen. Heb je goede dingen over haar te melden?'

'Ik denk het wel. Elizabeth Costello is als auteur een sleutelfiguur van onze tijd. Mijn boek gaat niet alleen over haar, maar ze speelt er wel een vooraanstaande rol in.'

'Een sleutelfiguur... Is ze als auteur een sleutelfiguur voor iedereen, vind je, of alleen voor vrouwen? Ik kreeg tijdens het interview het gevoel dat je haar uitsluitend ziet als een vrouwelijke auteur of als een schrijfster voor vrouwen. Zou je haar als auteur ook nog een sleutelfiguur vinden als ze een man was?'

'Als zij een man was?'

'Oké, als jij een man was?'

'Als ik een man was? Ik weet het niet. Ik ben nooit een man geweest. Zodra ik het een keer heb ervaren, zal ik het je laten weten.'

Ze glimlachen naar elkaar. Er hangt duidelijk iets in de lucht.

Hij houdt aan. 'Mijn moeder is wel een man geweest,' zegt hij. 'Ze is ook een hond geweest. Ze kan zich indenken in andere mensen, in andere bestaansvormen. Ik heb haar gelezen, ik weet het. Die gave heeft ze. Is dat niet het belangrijkste bij fictie, dat die ons losmaakt van onszelf, ons in andere levens binnenvoert?'

'Misschien. Maar je moeder blijft evengoed een vrouw. Wat ze ook doet, ze doet het als vrouw. Ze beleeft haar personages als een vrouw, niet als een man.'

'Dat zie ik niet. Ik vind haar mannen volkomen aannemelijk.'

'Je ziet het niet omdat je het niet kunt zien. Alleen een vrouw kan het zien. Het is iets tussen vrouwen. Als haar mannen aannemelijk zijn, is dat mooi, blij dat te horen, maar uiteindelijk is het maar imitatie. Vrouwen zijn goed in imiteren, beter dan mannen. In het parodiëren ook. Het gaat ons gemakkelijker af.'

Ze glimlacht weer. Kijk hoe gemakkelijk dit me afgaat, lijkt haar mond te willen zeggen. Een zachte mond.

'Als ze al parodieert,' zegt hij, 'dan moet ik zeggen dat ze het zo subtiel doet dat ik het er niet uit haal.' Er valt een lange stilte. 'Denk jij dan,' zegt hij ten slotte, 'dat we parallelle levens leiden, mannen en vrouwen, dat we elkaar nooit werkelijk ontmoeten?'

De strekking van het gesprek is veranderd. Ze hebben het niet meer over schrijven, als dat al het geval was.

'Wat denk jij dan?' vraagt ze. 'Wat weet jij uit eigen ervaring? En is verschil nou zo erg? Als er geen verschil was, wat moest er dan van het verlangen terechtkomen?'

Ze kijkt hem recht in de ogen. Tijd om in beweging te komen. Hij staat op; zij zet haar glas neer, staat ook langzaam op. Als ze langs hem heen loopt, pakt hij haar elleboog, en bij de aanraking gaat er een schok door hem heen, het duizelt hem. Verschil, tegenpolen. Midden in de nacht in Pennsylvania, hoe laat is het thuis in Melbourne? Wat doet hij op dit vreemde continent?

Ze staan met zijn tweeën in de lift. Niet de lift die hij en zijn moeder namen, het is een andere liftkoker. Waar is het noorden, waar het zuiden, in de zeshoek van dit hotel, deze bijenkorf? Hij drukt de vrouw tegen de wand, kust haar, proeft rook in haar adem. 'Onderzoek' – zal ze het naderhand zo betitelen? 'Gebruik maken van een secundaire bron?' Hij kust haar opnieuw, zij kust hem terug, kust het vlees van het vlees.

Ze stappen uit op de dertiende verdieping; hij loopt achter haar aan de gang door, gaat rechtsaf en linksaf en raakt gedesoriënteerd. Het hart van de korf, zijn ze daarnaar op zoek? Zijn moeders kamer is nummer 1254. De zijne 1220. De hare 1307. Hij verbaast zich erover dat dit nummer bestaat. Hij dacht dat de volgorde van de etages twaalf-veertien was, dat dat in het hotelwezen regel was. Waar ligt 1307 ten opzichte van 1254: noord, zuid, west, oost?

We slaan weer een stuk over, deze keer meer in de tekst dan in de voorstelling.

Als hij aan die uren terugdenkt, komt één moment met plotselinge kracht weer boven, het moment waarop haar knie onder zijn arm door glijdt en zich in zijn oksel buigt. Merkwaardig dat de herinnering aan een hele tijdspanne overheerst wordt door één moment zonder duidelijke betekenis, dat hem toch zo helder voor de geest staat dat hij de dij bijna nog tegen zijn huid kan voelen. Heeft de geest van nature een voorkeur voor sensaties boven ideeën, voor het tastbare boven het abstracte? Of is het buigen van de knie van de vrouw niet meer dan een geheugensteuntje vanwaaruit de rest van de nacht zich openbaart?

Ze liggen zij aan zij in het donker, in de tekst van het geheugen, en praten.

'En, is de reis geslaagd geweest?' vraagt ze.

'Vanuit welk standpunt gezien?'

'Vanuit het jouwe.'

'Mijn standpunt doet niet ter zake. Ik ben hier voor Elizabeth Costello. Haar standpunt, daar gaat het om. Geslaagd, ja. Redelijk geslaagd.'

'Hoor ik hier een lichte bitterheid in doorklinken?'

'Absoluut niet. Ik ben hier om te helpen – dat is alles.'

'Dat is heel aardig van je. Heb je het gevoel dat je haar iets verschuldigd bent?'

'Ja. Mijn plicht als zoon. Dat is een heel normaal gevoel bij de mens.'

Ze woelt door zijn haar. 'Niet boos worden,' zegt ze.

'Ben ik niet.'

Ze kruipt tegen hem aan, streelt hem. 'Redelijk geslaagd – wat betekent dat?' murmelt ze. Ze is niet van plan op te geven. Er moet nog een prijs betaald worden voor de tijd bij haar in bed doorgebracht, voor wat telt als een verovering.

'De speech sloeg niet aan. Daar is ze teleurgesteld over. Ze heeft er veel werk aan gehad.'

'Aan de speech zelf mankeerde niets. Alleen de titel was niet goed. En ze had voor haar voorbeelden niet op Kafka moeten teruggrijpen. Er zijn betere teksten.'

'O ja?'

'Ja, beter en toepasselijker. We zijn hier in Amerika, in de jaren negentig van de twintigste eeuw. Dat van Kafka willen de mensen niet steeds weer horen.'

'Wat willen ze dan horen?'

Ze haalt haar schouders op. 'Iets persoonlijkers. Het hoeft niet vertrouwelijk te zijn. Maar je moet bij het publiek niet meer aankomen met zwaar aangezette zelfironie uit het verleden. Van een man kunnen ze het misschien nog net hebben, maar niet van een vrouw. Een vrouw hoeft zich niet zo te harnassen.'

'Een man wel?'

'Dat zul jij het beste weten. Als het een probleem is, is het een mannenprobleem. We hebben de prijs niet toegekend aan een man.'

'Heb je rekening gehouden met de mogelijkheid dat mijn moeder zich niet meer bezighoudt met dat man-vrouwgedoe? Dat ze dat zoveel mogelijk heeft uitgediept, maar dat ze nu meer in haar mars heeft?'

'Zoals?'

De hand die hem streelde houdt ermee op. Het is een belangrijk ogenblik, voelt hij. Ze wacht op zijn antwoord, op het kijkje achter de schermen dat hij belooft. Ook hij voelt de spanning van het moment, geëlektriseerd, roekeloos.

'Zoals zichzelf vergelijken met dode beroemdheden. Zoals eer bewijzen aan de krachten die haar bezielen. Bijvoorbeeld.'

'Zegt ze dat?'

'Denk je niet dat ze dat niet al haar hele leven doet, zichzelf vergelijken met de meesters? Is er in jouw vak niemand die dat ziet?'

Hij zou zo niet moeten spreken. Hij zou zich niet met zijn moeders zaken moeten bemoeien. Hij ligt niet bij deze hem onbekende vrouw in bed vanwege zijn mooie blauwe ogen, maar omdat hij de zoon is van zijn moeder. En hij praat als een onnozele hals zijn mond voorbij! Zo gaan vrouwelijke spionnen vast ook te werk. Zonder enige subtiliteit. De man laat zich niet verleiden omdat zijn wilskracht om de verleiding te weerstaan met slimheid wordt overwonnen, maar omdat het verleid-worden zelf een genoegen is. Je geeft je over omwille van de overgave zelf.

Hij wordt 's nachts één keer wakker, overmand door verdriet, zo'n groot verdriet dat hij wel kan huilen. Zachtjes raakt hij de blote schouder aan van de vrouw naast hem, maar ze reageert niet. Hij laat zijn hand langs haar lichaam naar beneden gaan: borst, zijde, heup, dij, knie. Alles aan haar is mooi, zeker, maar op een onpersoonlijke manier, zodat het hem niet meer ontroert.

Hij ziet zijn moeder voor zich in haar grote tweepersoonsbed, ineengedoken, met opgetrokken knieën, een blote rug. Uit haar rug, uit het wasachtige oudemensenvlees, steken drie naalden, niet de kleine naalden van een acupuncturist of een voodoodokter, maar dikke, grijze naalden van staal of plastic: breinaalden.

De naalden hebben haar niet gedood, daar hoeft hij zich geen zorgen over te maken, ze ademt regelmatig in haar slaap. Niettemin ligt ze er gespietst bij.

Wie heeft dat gedaan? Wie zou dat gedaan hebben?

Wat een eenzaamheid, denkt hij, in zijn fantasie zwevend boven de oude vrouw in de kale kamer. Zijn hart breekt; triestheid stroomt als een grijze waterval achter zijn ogen langs. Hij had hier nooit naartoe moeten gaan, naar kamer dertien-zoveel. Verkeerd van hem. Hij zou meteen op moeten staan, stiekem vertrekken. Maar hij doet het niet. Waarom niet? Omdat hij niet alleen wil zijn. En omdat hij wil slapen. 'Slaap,' denkt hij, 'die de rafelige mouw van de zorg afbreit.' Wat bijzonder om het zo te zeggen! Geen van alle apen die hun hele leven lang op typemachines rammen zou die woorden er in die volgorde uit krijgen. Vanuit het donker ontstaat het, vanuit het niets: eerst is het er niet, dan is het er wel, als een pasgeboren kind, het hart doet het, de hersenen doen het, alle processen van het ingewikkelde elektrochemische labyrint doen het. Een wonder. Hij sluit zijn ogen.

Een sprong in de tijd.

Zij, Susan Moebius, is er al als hij beneden komt voor het ontbijt. Ze is in het wit, ze ziet er uitgerust en tevreden uit. Hij gaat bij haar zitten.

Ze haalt iets uit haar tas en legt het op tafel: zijn horloge. 'Het loopt drie uur achter,' zegt ze.

'Geen drie uur,' zegt hij, 'maar vijftien uur. De tijd in Canberra.'

Haar ogen blijven rusten in de zijne, of de zijne in de hare. Groen gevlekt. Er schrijnt iets. Weldra zal hij een nog onbekend continent achterlaten! Er gaat een pijnscheut door hem heen, heel even de pijn van het verlies. Pijn niet zonder genoegen, als een bepaald soort kiespijn. Hij kan zich iets heel serieus voorstellen met deze vrouw, die hij waarschijnlijk nooit terug zal zien.

'Ik weet wat je denkt,' zegt ze. 'Je denkt dat we elkaar nooit meer zullen zien. Verspilde moeite, denk je.'

'Wat weet je nog meer?'

'Je denkt dat ik je gebruikt heb. Je denkt dat ik geprobeerd heb via jou dichter bij je moeder te komen.'

Ze glimlacht. Niet dom. Beheerst het spel.

'Ja,' zegt hij. 'Nee.' Hij haalt diep adem. 'Ik zal je zeggen wat ik echt denk. Ik denk dat je in de war bent gebracht, al wil je dat niet toegeven, door het mysterie van het goddelijke in de mens. Je bent je ervan bewust dat mijn moeder iets bijzonders heeft – dat is wat jou in haar aantrekt – maar nu je haar hebt ontmoet, blijkt ze een gewone oude vrouw te zijn. En die twee dingen kun je niet met elkaar rijmen. Je wilt nadere uitleg. Je wilt een aanwijzing, een teken, zo niet van haar, dan toch van mij. Dat is er aan de hand. Maar het is goed zo, mij kan het niet schelen.'

Vreemde woorden, zo aan het ontbijt, bij de koffie en de toast. Hij wist niet dat hij ze in zich had.

'Je bent toch wel echt haar zoon, hè? Schrijf jij ook?'

'Of ik ben aangeraakt door de muze, bedoel je? Nee. Maar ik ben wel echt haar zoon. Geen vondeling, geen adoptiekind. Uit haar lijf ben ik geboren, krijsend als een krolse kat.'

'En je hebt een zus.'

'Een halfzus, ook uit haar. We zijn echt, allebei. Vlees van haar vlees, bloed van haar bloed.'

'En je bent nooit getrouwd?'

'Mis. Getrouwd en toen weer ongetrouwd. En jij?'

'Ik heb een man. Een man, een kind, een gelukkig huwelijk.'

'Leuk.'

Er valt niets meer te zeggen.

'Krijg ik nog gelegenheid om afscheid te nemen van je moeder?'

'Je kunt haar voor het televisie-interview even aanschieten. Om tien uur in de balzaal.'

Een sprong in de tijd.

De mensen van de televisie hebben de balzaal gekozen vanwege de roodfluwelen gordijnen. Voor de gordijnen hebben ze een nogal barokke stoel voor zijn moeder neergezet en een wat gewonere stoel voor de vrouw die zich met haar zal bezighouden. Als Susan komt, moet ze de hele zaal doorlopen. Ze is klaar voor de reis, ze heeft haar kalfsleren tas over haar schouder geslagen, haar pas is soepel, zelfverzekerd. Weer eventjes, als een veer die langs hem heen strijkt, die pijn, de pijn van het aanstaande verlies.

'Het was een grote eer kennis met u te maken, mevrouw Costello,' zegt Susan terwijl ze zijn moeders hand pakt.

'Elizabeth,' zegt zijn moeder. 'En let niet op die troon.'

'Elizabeth.'

'Ik wil u dit graag geven,' zegt Susan, en uit haar tas haalt ze een boek tevoorschijn. Het omslag toont een vrouw in een antiek Grieks gewaad die een papierrol vasthoudt. *Zeggenschap over een verleden: vrouwen en de herinnering* luidt de titel. *Susan Kaye Moebius.*

'Dank u, ik zal het met belangstelling lezen,' zegt zijn moeder.

Hij blijft er gedurende het interview bij, zittend in een hoekje, kijkt toe hoe zijn moeder zich transformeert tot de persoonlijkheid die ze van de televisie moet zijn. Haar eigenheid, die ze de avond tevoren niet wilde tonen, krijgt ruim baan: venijnige zinswendingen, verhalen over haar kinderjaren in de Australische bush ('U moet bedenken hoe uitgestrekt Australië is. We zijn maar vlooien op de rug van Australië, wij die daar nog maar pas zijn neergestreken'), verhalen over de wereld van de film, over acteurs en actrices die haar pad hebben gekruist, over aanpassingen ten opzichte van haar boeken en wat ze daarvan vindt ('Film is een medium dat alles vereenvoudigt. Dat doet het medium van nature, dus dan kun je net zo goed maar leren dat te accepteren. Het gaat met de botte bijl'). Vervolgens een visie op de wereld van vandaag ('Het doet me goed te zien dat er zoveel sterke jonge vrouwen zijn die weten wat ze willen'). Zelfs de ornithologie komt nog even ter sprake.

Na het interview wordt het boek van Susan Moebius nog bijna vergeten. Hij is degene die het opraapt van onder de stoel.

'Ik wou dat mensen me niet steeds boeken cadeau deden,' mompelt ze. 'Waar moet ik daar nou een plek voor vinden?'

'Ik heb er wel een plek voor.'

'Neem jij het dan. Hou het maar. Tenslotte was jij degene achter wie ze werkelijk aan zat, niet ik.'

Hij leest de opdracht: *Voor Elizabeth Costello, uit dankbaarheid en bewondering*. 'Ik?' zegt hij. 'Ik dacht het niet. Ik was niet meer' – zijn stem aarzelt heel even – 'dan een pion. Jij bent degene van wie ze houdt en die ze haat.'

Hij aarzelt heel even; maar waar hij het eerst aan moest denken, was niet aan 'pion', het was aan 'afgeknipte nagel'. Een afgeknipte teennagel die men ontvreemdt, in een papieren zakdoekje stopt en meeneemt, omdat men daar iets mee wil.

Zijn moeder antwoordt niet. Wel glimlacht ze naar hem, met een snelle, plotselinge glimlach, die – hij kan het niet anders zien – triomf uitstraalt.

Hun verplichtingen in Williamstown zijn achter de rug. De televisieploeg is aan het inpakken. Over een halfuur zal een taxi hen naar de luchthaven brengen. Zij heeft gewonnen, min of meer. Op vreemd terrein bovendien. Een gewonnen uitwedstrijd. Ze kan thuiskomen met haar ware zelf intact, met achterlating van een beeld dat vals is, als alle beelden.

Wat is de waarheid van zijn moeder? Hij weet het niet, en in wezen wil hij het niet weten. Hij is gewoon hier om haar te beschermen, om reliekenjagers, opdringerige types en sentimentele zoekers uit haar buurt te houden. Hij heeft zijn eigen meningen, maar die spreekt hij niet uit. 'Deze vrouw,' zou hij zeggen als hij zich uit zou spreken, 'aan wier woorden u zich vastklampt alsof ze die van een sibille waren, is dezelfde vrouw die zich veertig jaar geleden dag in dag uit eenzaam huilend verscholen hield in haar zitslaapkamer, die zich 's avonds op de mistige straten waagde om vis met patat te gaan kopen, want iets anders at ze niet, en die met haar kleren aan in slaap viel. Dezelfde vrouw die later met wapperende haren om het huis in Melbourne heen rende en tegen haar kinderen schreeuwde: "Jullie maken me af! Jullie scheuren het vlees van mijn botten!"' (Na afloop lag hij in het donker zijn snikkende zusje te troosten; hij was toen zeven; zijn eerste voorproefje van wat het is vader te zijn). 'Dit is de verborgen wereld van het orakel. Hoe denkt u haar te kunnen begrijpen als u niet eens weet hoe ze werkelijk is?'

Hij haat zijn moeder niet. (Terwijl hij deze woorden denkt, echoën andere woorden ergens in zijn achterhoofd: woorden van een personage van William Faulkner dat, als een waanzinnige zichzelf herhalend, beweert dat hij het Zuiden niet haat. Wie is dat personage?) Integendeel. Als hij haatte, zou hij allang zoveel mogelijk afstand van haar hebben genomen. Hij haat haar niet. Hij dient aan haar altaar, ruimt de boel op na alle drukte van het hoogfeest, veegt de bloemblaadjes op, haalt de offeranden weg en verzamelt de duiten der weduwen, die meteen op de bankrekening gestort kunnen worden. De opwinding gaat aan hem voorbij, maar ook hij neemt deel aan de eredienst.

Een spreekbuis voor het goddelijke. Alleen is 'sibille' niet het juiste woord voor haar. 'Orakel' ook niet. Te Grieks-Romeins. Grieks-Romeins past niet bij zijn moeder. Tibet of India eerder: een god geïncarneerd in een kindje, dat van dorp naar dorp wordt gereden om toegejuicht te worden, aanbeden.

Dan zitten ze in de taxi, rijden door straten die al iets hebben van straten die weldra uit de herinnering zullen verdwijnen.

'Zo,' zegt zijn moeder. 'Daar zijn we mooi van af.'

'Dat geloof ik ook. Heb je de cheque veilig opgeborgen?'

'De cheque, de penning, alles.'

Een sprong in de tijd. Ze zijn op de luchthaven, wachten voor de slurf tot de vlucht wordt omgeroepen waarmee ze de eerste etappe van hun thuisreis zullen maken. Ergens boven hun hoofden klinkt zachtjes, in een bot, dwingend ritme, een versie van *Eine kleine Nachtmusik*. Tegenover hen zit een vrouw popcorn te eten uit een kartonnen bakje, ze is zo dik dat ze met haar tenen nauwelijks de grond raakt.

'Mag ik je iets vragen?' zegt hij. 'Waarom literatuurgeschiedenis? En waarom zo'n akelig hoofdstuk uit de literatuurgeschiedenis? Realisme: er zat hier niemand te wachten op een verhaal over realisme.'

Ze rommelt in haar tasje en antwoordt niet.

'Als ik aan realisme denk,' vervolgt hij, 'denk ik boeren die in ijsblokken ingevroren zijn. Dan denk ik aan Noren met vieze onderbroeken. Wat heb je ermee? En wat moet Kafka in dat verhaal? Wat heeft Kafka met dat alles te maken?'

'Waarmee? Met vieze onderbroeken?'

'Ja. Met vieze onderbroeken. Met mensen die in hun neus peuteren. Jij schrijft niet over dat soort dingen. Kafka heeft er niet over geschreven.'

'Nee, Kafka heeft niet over mensen geschreven die in hun neus peuteren. Maar Kafka had wel tijd om zich af te vragen hoe en waar zijn arme geleerde aap een vriendinnetje zou kunnen vinden. En hoe het zou zijn als hij alleen werd gelaten met het voor zijn genot bestemde, verbijsterde, halftamme vrouwtje waarmee zijn oppassers uiteindelijk zouden komen aanzetten. Kafka's aap is in het leven ingebed. Het gaat om dat ingebed-zijn, niet om het leven zelf. Zijn aap is ingebed zoals wij ingebed zijn, jij in mij, ik in jou. Die aap wordt gevolgd tot het einde toe, tot het bittere, onzegbare einde, of er op papier nu wel of niet iets van terug te vinden is. Kafka blijft wakker terwijl wij slapen. Dat heeft Kafka ermee te maken.'

De dikke vrouw zit openlijk naar hen te kijken, haar oogjes schieten van de een naar de ander: de oude vrouw in de regenjas en de wat kalende man die haar zoon zou kunnen zijn, die in hun rare tongval aan het bekvechten zijn.

'Nou,' zegt hij, 'als het waar is wat jij zegt, dan is

het weerzinwekkend. Dat is geen schrijven, dat is het beheren van een dierentuin.'

'Wat wil je dan? Een dierentuin zonder oppassers, waar de dieren in trance raken zodra je ophoudt naar ze te kijken? Een dierentuin met ideeën? Een gorillakooi met een denkbeeldige gorilla erin, een olifantenverblijf met denkbeeldige olifanten? Weet je hoeveel kilo uitwerpselen een olifant per etmaal produceert? Als je een echt olifantenverblijf wilt met echte olifanten, heb je een oppasser nodig om de boel voor ze schoon te maken.'

'Dat heeft er niets mee te maken, moeder. En wind je niet zo op.' Hij kijkt de dikke vrouw aan. 'We hebben het over literatuur, over de uitgangspunten van het realisme tegenover die van het idealisme.'

Zonder met kauwen op te houden maakt de vrouw haar blik van hen los. Hij denkt aan de brij van fijngekauwde maïs en speeksel in haar mond en huivert. Waar moet het allemaal heen?

'Er is een verschil tussen de boel schoonmaken voor dieren en toekijken als ze hun grote boodschap doen,' begint hij opnieuw. 'Mij gaat het om het laatste, niet om het eerste. Hebben dieren niet net als wij recht op een privéleven?'

'Niet als ze in een dierentuin zijn,' zegt ze. 'Niet als ze te bezichtigen zijn. Als je te bezichtigen bent, heb je geen privéleven. En trouwens, vraag je de sterren om toestemming voordat je door je telescoop naar ze gaat zitten turen? Hoe zit het met het privéleven van sterren?'

'Moeder, sterren zijn steenklompen.'

'O ja? Ik dacht dat het miljoenen jaren oude lichtsporen waren.'

'Passagiers voor United Airlines-vlucht 323 nonstop naar Los Angeles kunnen nu aan boord gaan,' zegt een stem boven hun hoofden. 'Hulpbehoevende passagiers en gezinnen met kleine kinderen mogen als eerste.'

Tijdens de vlucht raakt ze het eten nauwelijks aan. Ze bestelt twee cognacjes, vlak na elkaar, en valt in slaap. Als ze enkele uren later voor de landing in Los Angeles beginnen te dalen slaapt ze nog. De stewardess tikt haar op de schouder. 'Mevrouw, uw veiligheidsgordel.' Ze verroert zich niet. Ze kijken elkaar aan, hij en de stewardess. Hij buigt zich over haar heen en sluit de gordel boven haar schoot.

Ze ligt onderuitgezakt in haar stoel. Haar hoofd hangt scheef, haar mond staat open. Ze snurkt zachtjes. Licht vlamt door de raampjes als ze een bocht maken, het licht van de stralend ondergaande zon boven Zuid-Californië. Hij kan in haar neusgaten kijken en in haar mond, tot achter in haar keel. En wat hij niet kan zien, kan hij zich wel voorstellen: het lelijke roze keelgat dat zich bij het slikken als bij een python samentrekt en de inhoud naar beneden stuwt, naar de peervormige buikzak. Hij wijkt terug, maakt zijn eigen gordel vast, gaat rechtop zitten en kijkt voor zich. Nee, zegt hij bij zichzelf, dat is niet waar ik vandaan kom, daar kom ik niet vandaan.

TWEE

De roman in Afrika

Bij een etentje ontmoet ze x, die ze al jaren niet meer heeft gezien. Doceert hij nog aan de Universiteit van Queensland, vraagt ze. Nee, antwoordt hij, hij is daar weggegaan en werkt nu op cruiseschepen, reist de wereld rond, vertoont oude films en houdt voor gepensioneerden praatjes over Bergman en Fellini. Hij heeft nooit spijt gehad van die stap. 'Het betaalt goed, je ziet nog eens wat van de wereld, en – wist je dat? – mensen van die leeftijd luisteren echt naar wat je te vertellen hebt.' Hij tracht haar ervan te overtuigen dat ze het ook eens moet proberen: 'Jij bent een beroemdheid, een bekende schrijfster. De cruisemaatschappij waarvoor ik werk, zal dolblij zijn als ze je kunnen krijgen. Ze zouden apetrots zijn. Je hoeft het maar te zeggen en ik neem het op met mijn vriend de directeur.'

Het voorstel intrigeert haar. De laatste keer dat ze op een schip voer, was in 1963, toen ze naar huis reisde vanuit Engeland, vanuit het Moederland. Kort daarna begonnen ze de grote oceaanschepen langzamerhand af te danken, te slopen, een voor een. Het einde van een tijdperk. Ze zou er geen bezwaar tegen hebben het nog eens te doen, het zeegat uitgaan. Ze zou Paaseiland weleens willen aandoen, en Sint-Helena, waar Napoleon is weggekwijnd. Ze zou Antarctica willen bezoeken – niet alleen om met eigen ogen die oneindige verten, die woeste leegte te zien, maar ook om voet te zetten op het zevende en laatste continent, te voelen hoe het is om als levend, ademend wezen in een onmenselijk koud gebied te zijn.

x houdt zich aan zijn woord. Er komt een fax van het hoofdkantoor van Scandia Lines in Stockholm. In december zal het ss Northern Lights van Christchurch uitvaren voor een vijftiendaagse cruise naar de Rossijsbarrière, en vandaar verder naar Kaapstad. Zou zij er belangstelling voor hebben om de staf van de afdeling educatie en recreatie te komen versterken? Passagiers op de cruiseschepen van Scandia zijn, zoals de brief stelt, 'mensen die weten wat ze willen en hun vrije tijd serieus nemen.' In het aan boord aangeboden programma ligt de nadruk op de ornithologie en de ecologie van koude wateren, maar het zou Scandia een groot genoegen doen als de beroemde schrijfster Elizabeth Costello tijd zou kunnen vinden om een korte cursus te verzorgen over, bijvoorbeeld, de hedendaagse roman. In ruil daarvoor, en voor haar bereidheid aanspreekpunt te zijn voor de passagiers, zal haar een hut in de A-klasse worden aangeboden, vergoeding van alle onkosten, inclusief vluchten naar Christchurch en vanaf Kaapstad, en daarnaast een niet onaanzienlijk honorarium.

Het is een aanbod dat ze niet kan weigeren. Op de ochtend van 10 december gaat ze in de haven van Christchurch aan boord van het schip. Haar hut is klein, vindt ze, maar verder geheel naar wens; de jongeman die het recreatieve en educatieve programma coördineert is beleefd; de passagiers met wie ze tijdens de lunch aan één tafel zit, in het algemeen gepensioneerden, mensen van haar eigen generatie, zijn vriendelijk en bescheiden.

Op de lijst van collega-sprekers staat maar één naam die ze kent: Emmanuel Egudu, een schrijver uit Nigeria. Het is zo lang geleden dat ze kennismaakten – ten tijde van een PEN-congres in Kuala Lumpur – dat ze er eigenlijk niet aan wil denken. Egudu was luidruchtig en opvliegend, politiek geëngageerd; haar eerste indruk was dat hij een aansteller was. Toen ze naderhand iets van hem las, veranderde ze niet van mening. Maar een aansteller, vraagt ze zich nu af, wat is dat? Iemand die iets lijkt te zijn wat hij niet is? Wie van ons is wat hij lijkt te zijn, wat zij lijkt te zijn? En trouwens, in Afrika kan het best anders zijn. Wat je in Afrika aanziet voor aanstellerij, wat je aanziet voor opschepperij, kan wel gewoon mannelijkheid zijn. Wie is zij om daarover te oordelen?

Tegenover mannen is ze milder geworden, merkt ze naarmate ze ouder wordt, ook tegenover Egudu. Merkwaardig, want in andere opzichten is ze (ze kiest het woord zorgvuldig) zuriger geworden.

Ze loopt Egudu tegen het lijf op de cocktailparty van de kapitein (hij is laat aan boord gekomen). Hij draagt een felgroene dashiki, soepele Italiaanse schoenen; er zitten plukjes grijs in zijn baard, maar hij is nog steeds een man die er wezen mag. Hij schenkt haar een brede glimlach, sluit haar in zijn armen. 'Elizabeth!' roept hij uit. 'Wat goed om je te zien! Wat een verrassing! We hebben zoveel bij te praten!'

In zijn woordenboek blijkt bijpraten te betekenen: praten over zijn eigen activiteiten. Hij is niet veel meer in zijn eigen land, deelt hij mee. Hij is, zoals hij zegt, 'banneling uit gewoonte, zoals iemand misdadiger is uit gewoonte.' Hij heeft intussen een Amerikaans paspoort; hij verdient zijn geld in het lezingencircuit, een circuit dat inmiddels blijkbaar zo ruim is dat het ook de cruiseschepen omvat. Dit wordt zijn derde reis op de Northern Lights. Heel rustgevend, vindt hij het, heel ontspannend. Wie zou hebben kunnen denken, zegt hij, dat een plattelandsjongen uit Afrika zo terecht zou komen, in de schoot van de luxe? En weer vergast hij haar op zijn brede glimlach, die speciale glimlach.

'Ik ben zelf een plattelandsmeisje,' zou ze willen zeggen, maar dat doet ze niet, hoewel het waar is, deels. 'Niks bijzonders, van het platteland zijn.'

Van alle stafleden van de afdeling recreatie wordt verwacht dat ze een kort praatje houden. 'Gewoon vertellen wie je bent, waar je vandaan komt,' verklaart de jeugdige coördinator in zorgvuldig, idiomatisch verantwoord Engels. Zijn naam is Mikael; hij is knap om te zien met zijn lange, blonde, Zweedse verschijning, maar stug, te stug naar haar smaak.

Haar praatje wordt aangekondigd als 'De toekomst van de roman', dat van Egudu als 'De roman in Afrika'. Zij staat gepland voor de ochtend van hun eerste dag op zee; hij zal diezelfde middag spreken. 's Avonds volgt 'Het leven van de walvis', met geluidsopnamen.

Mikael houdt zelf de inleiding. 'Het is ons een voorrecht de beroemde Australische schrijfster,' zo noemt hij haar, 'auteur van *The House on Eccles Street* en vele andere romans, in ons midden te mogen begroeten.' Het ergert haar dat ze nu weer aangekondigd wordt als de auteur van een boek dat zo lang geleden is verschenen, maar daar is niets aan te doen.

'De toekomst van de roman' is een praatje dat ze weleens eerder heeft gehouden, vele keren zelfs, uitgebreid of ingekort, afhankelijk van de omstandigheden.

Ongetwijfeld bestaan er ook uitgebreide en ingekorte versies van de roman in Afrika en van het leven van de walvis. Voor deze gelegenheid heeft ze de ingekorte versie gekozen.

'De toekomst van de roman is geen onderwerp waarin ik erg geïnteresseerd ben,' begint ze, in een poging haar gehoor wakker te schudden. 'Eigenlijk interesseert de toekomst me in het algemeen niet. Want wat is de toekomst tenslotte anders dan een geheel van verlangens en verwachtingen? Ze bestaat in de geest, heeft geen realiteit.

U zou natuurlijk kunnen tegenwerpen dat het verleden evenzeer een fictie is. Het verleden is geschiedenis, en wat is geschiedenis anders dan een wazig verhaal dat we onszelf aanpraten? Toch heeft het verleden iets wonderbaarlijks dat de toekomst ontbeert. Wat zo wonderbaarlijk is aan het verleden, is dat wij erin slagen – God mag weten hoe – om duizenden, miljoenen individuele verhalen, verhalen bedacht door individuele mensen, zo goed op elkaar te laten aansluiten dat we een verleden krijgen dat we schijnbaar gemeenschappelijk hebben, een verhaal dat we met elkaar delen.

De toekomst is anders. We hebben geen gemeenschappelijk verhaal van de toekomst. De creatie van het verleden lijkt al onze gemeenschappelijke creatieve energie op te slorpen. Vergeleken met onze verhalen over het verleden is dat over de toekomst een globaal, bloedeloos geheel, zoals visioenen van de hemel dat doorgaans zijn. Van de hemel en zelfs van de hel.'

De roman, de traditionele roman, vervolgt ze, is een poging het menselijk lot van geval tot geval te begrijpen, te proberen te begrijpen hoe het komt dat een medemens, beginnend op punt A en met de ervaringen B, C en D, uiteindelijk op punt Z aanbelandt. Net als geschiedenis is de roman dus een exercitie in het aanbrengen van samenhang in het verleden. Net als bij geschiedenis wordt nagegaan wat de afzonderlijke bijdragen van karakter en omstandigheden zijn in de vorming van het heden. Door deze aanpak doet de roman ons een idee aan de hand hoe we de potentie van het heden bij de vorming van de toekomst kunnen onderzoeken. Daarom bestaat dit ding, dit instituut, dit medium dat we de roman noemen.

Ze hoort zichzelf praten en weet dan niet zeker meer of ze nog wel overtuigd is van wat ze beweert. Deze ideeën moesten jaren geleden, toen ze ze opschreef, wel enige greep op haar hebben gehad, maar na de vele herhalingen zijn ze sleets geraakt en zijn ze niet langer overtuigend. Aan de andere kant hecht ze niet veel geloof meer aan overtuiging op zichzelf. Dingen kunnen ook waar zijn als je er niet in gelooft, en omgekeerd, denkt ze nu. Het kan zijn dat geloof uiteindelijk niet meer is dan een soort energiebron, een soort batterij die je in een idee stopt om het aan de gang te krijgen. Zoals het gaat als je schrijft: je moet geloven in wat geloofd moet worden om het karwei te kunnen klaren.

Het valt haar al moeilijk in haar stelling te geloven, maar nog meer moeite heeft ze om te verhinderen dat dit gebrek aan overtuiging in haar stem doorklinkt. Ondanks het feit dat ze, zoals Mikael zegt, de beroemde auteur is van *The House on Eccles Street* en andere boeken, ondanks het feit dat haar gehoor grosso modo van haar generatie is en daardoor verondersteld mag worden een gemeenschappelijk verleden met haar te delen, mist het applaus aan het einde enthousiasme.

Voor het praatje van Emmanuel gaat ze onopvallend op de achterste rij zitten. Ze hebben intussen een goede lunch genuttigd, ze varen in zuidelijke richting op een vooralsnog kalme zee; alle kans dat een deel van het brave publiek – dat volgens haar schatting een man of vijftig telt – in slaap zal sukkelen. En wie weet, misschien sukkelt ze zelf ook wel in slaap; mocht dat gebeuren, dan kan ze dat maar het beste ongemerkt doen.

'U zult zich afvragen waarom ik als onderwerp de roman in Afrika heb gekozen,' begint Emmanuel met zijn moeiteloos daverende stem. 'Wat is er zo bijzonder aan de roman in Afrika? Wat maakt die tot iets anders, zo anders dat daar vandaag onze aandacht voor gevraagd wordt?

Welnu, laten we eens kijken. We weten om te beginnen allemaal dat het alfabet, het principe van het alfabet, niet in Afrika is ontstaan. Veel dingen zijn in Afrika ontstaan, meer dan u misschien denkt, maar niet het alfabet. Het alfabet moest geïmporteerd worden, eerst door de Arabieren, later opnieuw door westerlingen. In Afrika is het schrijven zelf, en zeker het schrijven van romans, van recente datum.

Zou de roman kunnen bestaan zonder het schrijven van romans, vraagt u wellicht. Hadden wij in Afrika een roman voordat onze vrienden de kolonisatoren bij ons aan de deur kwamen? Voorlopig wil ik slechts de vraag opwerpen. Later kom ik er misschien op terug.

Een tweede opmerking: lezen is geen typisch Afrikaanse vrijetijdsbesteding. Muziek ja, dansen ja, eten ja, praten ja – heel veel praten. Maar lezen, nee, en vooral niet het lezen van dikke romans. Lezen hebben wij Afrikanen altijd beschouwd als een merkwaardig geïsoleerde aangelegenheid. We worden er onrustig van. Als wij Afrikanen in grote Europese steden als Parijs en Londen zijn, valt het ons op dat mensen boeken uit hun tas of hun zak pakken en zich in hun wereld terugtrekken. Het boek dat tevoorschijn komt, fungeert als een teken. Laat me alleen, ik ben aan het lezen, zegt het teken. Wat ik aan het lezen ben, is interessanter dan jij ooit kunt zijn.

Zo zijn wij in Afrika niet. Wij houden er niet van ons van anderen af te sluiten en ons in onze eigen wereld terug te trekken. En we zijn ook niet gewend dat onze naasten zich in hun eigen wereld terugtrekken. Afrika is een continent waar mensen dingen met elkaar delen. In je eentje een boek lezen is niet iets delen. Het is net zoiets als in je eentje eten of in je eentje praten. Dat is niet onze manier van doen. Dat vinden wij een beetje gek.'

Wij, wij, wij, denkt ze. *Wij Afrikanen.* Dat is niet *onze* manier van doen. Ze is nooit dol geweest op het gebruik van 'wij' in uitsluitende zin. Emmanuel mag dan ouder geworden zijn, hij mag de zegen hebben gekregen van Amerikaanse kranten, maar hij is niet veranderd. Afrikaans: een bijzondere identiteit, een bijzonder lot.

Ze is in Afrika geweest: het hoogland van Kenia, Zimbabwe, de Okavango-moerassen. Ze heeft Afrikanen zien lezen, gewone Afrikanen, bij bushaltes, in treinen. Ze lazen geen romans, toegegeven, ze lazen kranten. Maar is een krant niet net als een roman een toegang tot een eigen wereld?

'En ten derde,' vervolgt Egudu, 'is in het grote, weldadig geglobaliseerde systeem waarin we tegenwoordig leven, Afrika het lot beschoren het huis van de armoede te zijn. Afrikanen hebben geen geld voor luxegoederen. In Afrika moet het geld dat je aan een boek uitgeeft rendement opbrengen. Wat kan ik opsteken van dit verhaal, zal de Afrikaan vragen. Wat schiet ik ermee op? Wij kunnen de instelling van de Afrikaan betreuren, dames en heren, maar we kunnen die niet ontkennen. We moeten die serieus nemen en proberen te begrijpen.

We maken natuurlijk heus wel boeken in Afrika. Maar de boeken die we maken, zijn bestemd voor kinderen, simpelweg leerboeken. Als je in Afrika geld wilt verdienen met het uitgeven van boeken, moet je boeken uitbrengen die op scholen voorgeschreven worden, waarvan er veel afgenomen worden ten behoeve van het onderwijs en die in de klas worden gebruikt. Het is niet lonend om auteurs met serieuze ambities uit te geven, auteurs die schrijven over volwassenen en wat volwassenen aangaat. Dergelijke schrijvers moeten elders hun heil zoeken.

Natuurlijk, dames en heren op de Northern Lights, is het niet het hele beeld dat ik u hier vandaag schets. Om u het hele beeld te schetsen, zou ik de hele middag nodig hebben. Ik geef u slechts een snelle, ruwe impressie. Natuurlijk kunt u in Afrika zo hier en daar wel uitgevers vinden die bereid zijn lokale schrijvers te helpen, ook al zullen ze er nooit aan verdienen. Maar het algemene beeld is toch dat uitgevers noch schrijvers met het vertellen van verhalen in hun levensonderhoud kunnen voorzien.

Dat wat betreft de algemeenheden, hoe deprimerend ook. Laten we nu de aandacht eens op onszelf richten, op u en mij. Hier ben ik, u weet wie ik ben, dat weet u uit het programma: Emmanuel Egudu, uit Nigeria, auteur van romans, gedichten, toneelstukken, bekroond zelfs met de Commonwealth Literary Award (afdeling Afrika). En hier bent u, welvarende mensen, of althans mensen die niet mogen klagen, zoals u dat zegt (ik vergis me toch niet?), afkomstig uit Noord-Amerika en Europa, en laten we natuurlijk ook onze afvaardiging uit Australië niet vergeten, en ik geloof dat ik op de gangen zelfs een enkel woordje Japans heb horen spreken, u die een cruise maakt op dit prachtige schip, u die een van de uithoeken van de aarde gaat afstropen, of misschien wilt u die voor uzelf kunnen afstrepen van uw lijst. Hier zit u, na een goed middagmaal, te luisteren naar wat deze man uit Afrika zegt.

Waarom is deze man uit Afrika aan boord van ons schip, stel ik me voor dat u zich afvraagt. Waarom zit hij, als hij een echte schrijver is, niet thuis in zijn geboorteland achter zijn bureau zijn roeping te volgen en boeken te schrijven? Waarom gaat hij maar door over de Afrikaanse roman, een onderwerp dat voor ons van zeer ondergeschikt belang is?

Het beknopte antwoord, dames en heren, is dat deze man uit Afrika hier de kost aan het verdienen is. In zijn eigen land kan hij, zoals ik heb proberen uit te leggen, de kost niet verdienen. In zijn eigen land (ik wil dit punt niet uitdiepen, ik breng het alleen te berde omdat het voor zoveel collega-schrijvers uit Afrika geldt) is hij zelfs helemaal niet welkom. In zijn eigen land is hij, zoals dat heet, een dissidente intellectueel, en dissidente intellectuelen moeten voorzichtig zijn, zelfs in het nieuwe Nigeria.

Daarom is hij hier, om buiten zijn land, in de grote wereld, de kost te verdienen. Een deel van zijn inkomen verwerft hij door het schrijven van boeken die doorgaans door buitenlanders worden uitgegeven, gelezen, gerecenseerd, bediscussieerd en beoordeeld. De rest van zijn inkomen verdient hij met dingen die het uitvloeisel zijn van zijn schrijven. Hij recenseert bijvoorbeeld boeken van andere schrijvers in Europese en Amerikaanse bladen. Hij doceert op universiteiten in Amerika, vertelt de jeugd van de Nieuwe Wereld over het exotische onderwerp waarin hij een expert is, net zoals een olifant expert is op het gebied van olifanten: de Afrikaanse roman. Hij spreekt op congressen, hij vaart mee op cruiseschepen. En zodoende woont hij, zoals dat heet, in tijdelijke onderkomens. Al zijn adressen zijn tijdelijk, hij heeft geen vaste woonplaats.

Hoe makkelijk denkt u dat het voor deze man is, dames en heren, om trouw te zijn aan zijn essentie als schrijver, als hij allerlei mensen die hij niet kent tevreden moet stellen, maand in, maand uit – uitgevers, lezers, critici, studenten, allemaal niet alleen gewapend met hun eigen ideeën over wat schrijven is of zou moeten zijn, wat de roman is of zou moeten zijn, wat Afrika is of zou moeten zijn, maar ook over wat het is om tevredengesteld te worden of wat het zou moeten zijn? Denkt u dat het voor deze man mogelijk is om onaangedaan te blijven onder alle druk die op hem wordt uitgeoefend om anderen tevreden te stellen, om voor hen te zijn wat zij denken dat hij zou moeten zijn, om aan hen te leveren wat zij denken dat hij zou moeten leveren?

Het is misschien aan uw aandacht ontsnapt, maar ik heb daarnet een woord gebruikt dat u de oren had moeten doen spitsen. Ik had het over mijn essentie en over trouw aan mijn essentie. Ik zou veel kunnen zeggen over essentie en wat daar allemaal mee samenhangt, maar daarvoor is dit niet de juiste gelegenheid. Toch zult u zich afvragen hoe ik in deze anti-essentiële tijd, in deze tijd van vloeiende identiteiten die we oppakken, dragen en afleggen alsof het kleren zijn, kan spreken over mijn essentie als Afrikaans schrijver.

Het Afrikaanse denken over essentie en essentialisme, moet ik u in herinnering brengen, kent een woelige geschiedenis. U hebt wellicht gehoord van de negritude-beweging van de jaren veertig en vijftig. Negritude was volgens de stichters van de beweging het essentiële substraat dat alle Afrikanen bindt en hen onmiskenbaar tot Afrikanen maakt – niet alleen de Afrikanen in Afrika maar ook de Afrikanen van de grote Afrikaanse diaspora in de Nieuwe Wereld en nu in Europa.

Ik wil een paar woorden aanhalen van de Senegalese schrijver en denker Cheikh Hamidou Kane. Cheikh Hamidou werd ondervraagd door een interviewer, een Europeaan. Ik ben verbaasd, zei de interviewer, over het feit dat u bepaalde schrijvers looft omdat ze werkelijk Afrikaans zouden zijn. Maar kunnen de schrijvers in kwestie, gezien het feit dat zij in een andere taal schrijven (met name de Franse taal) en worden uitgegeven en merendeels ook gelezen in een ander land (met name Frankrijk), wel werkelijk Afrikaanse schrijvers genoemd worden? Zou het niet juister zijn hen Franse schrijvers van Afrikaanse origine te noemen? Is taal niet een belangrijker criterium dan afkomst?

Cheikh Hamidou's antwoord luidde als volgt: "De schrijvers over wie ik spreek zijn echte Afrikanen omdat ze geboren werden in Afrika en in Afrika leven en omdat hun bewustzijn typisch Afrikaans is... Wat hen onderscheidt heeft te maken met levenservaring, met gevoeligheden, met ritme, met stijl." En dan vervolgt hij: "Een Franse of Engelse schrijver heeft een schrijftraditie van duizenden jaren achter zich... Wij daarentegen staan in een orale traditie."

Cheikh Hamidou's reactie heeft niets mystieks, niets metafysisch, niets racistisch. Hij legt alleen de juiste nadruk op ongrijpbare aspecten van de cultuur die, omdat ze niet zo makkelijk in woorden te vatten zijn, vaak maar een beetje in het vage gelaten worden. Hoe mensen thuis zijn in hun lichaam. Hoe ze hun handen bewegen. Hoe ze lopen. Hoe ze glimlachen of fronsen. De melodie in hun taal. Hoe ze zingen. Het timbre van hun stem. Hoe ze dansen. Hoe ze elkaar aanraken, hoe ze je vasthouden, hoe hun vingers aanvoelen. Hoe ze vrijen. Hoe ze blijven liggen na het vrijen. Hoe ze denken. Hoe ze slapen.

Wij Afrikaanse romanschrijvers kunnen deze aspecten belichamen in onze manier van schrijven (en hierbij wil ik u erop wijzen dat het woord *novella*, toen het in de talen van Europa opdook, een uiterst vage betekenis had: het sloeg op een vorm van schrijven die vormloos was, die geen regels kende, die gaandeweg zijn eigen regels ontwierp) – wij Afrikaanse romanschrijvers kunnen deze aspecten als geen ander belichamen omdat we het contact met het lichaam niet verloren hebben. De Afrikaanse roman, de échte Afrikaanse roman, is een orale roman. Op papier is hij krachteloos, leeft hij maar half; hij wordt pas wakker wanneer de stem van diep uit het lichaam de woorden leven inblaast, ze hardop uitspreekt.

De Afrikaanse roman, wil ik beweren, is dus als zodanig en nog voordat er een woord van op papier staat een kritiek op de westerse roman, die zich zo van het lichaam heeft losgemaakt – denk aan Henry James, denk aan Marcel Proust – dat de meeste geëigende, ja zelfs de enige manier om hem tot je te nemen in stilte en in eenzaamheid is. En ik wil deze opmerkingen afronden – ik zie dat ik door mijn tijd heen raak – door ter ondersteuning van mijn standpunt en dat van Cheikh Hamidou woorden aan te halen van een man die niet afkomstig is uit Afrika maar van de sneeuwgronden van Canada, de grote kenner van de orale cultuur Paul Zumthor.

"Sinds de zeventiende eeuw," schrijft Zumthor, "heeft Europa zich als een kankergezwel over de wereld uitgebreid, aanvankelijk ongemerkt, maar al sinds enige tijd in een razend tempo, met vandaag de dag een vernietigende uitwerking op levensvormen, dieren, planten, milieu, talen. Elke dag verdwijnen er op aarde enkele talen; ze worden verstoten, onderdrukt (...) Een van de symptomen van deze ziekte is van meet af aan ongetwijfeld geweest (...) dat wat we literatuur noemen, en de literatuur heeft aan kracht gewonnen, is tot bloei gekomen en is geworden wat ze nu is – een van de grootste domeinen van de mens – door de stem te loochenen. De tijd is aangebroken op te houden met de bevoordeling van het schrijven (...) Misschien zal het grote, ongelukkige Afrika, dat aan de bedelstaf is geraakt door ons politiek-industriële imperialisme, merken dat het dichter bij het einddoel is dan de andere werelddelen, omdat het in minder ernstige mate is aangetast door het schrijven."'

Het applaus als Egudu zijn praatje beëindigt, is luid en geestdriftig. Hij heeft met kracht gesproken, misschien zelfs met passie; hij is opgekomen voor zichzelf, voor zijn roeping, voor zijn volk; waarom zou hij daarvoor niet beloond worden, al zal wat hij zegt weinig betekenis hebben voor het leven van de mensen in het publiek?

Toch heeft het praatje iets wat haar niet bevalt, iets wat te maken heeft met orale overdracht en de mystiek van de orale overdracht. Altijd is het het lichaam, denkt ze, waar de nadruk op wordt gelegd, dat naar voren geschoven wordt, en de stem, de duistere essentie die van binnenuit opwelt. Negritude, ze had gedacht dat Emmanuel die pseudo-filosofie wel ontgroeid zou zijn. Blijkbaar is dat niet zo. Blijkbaar heeft hij besloten die te handhaven als onderdeel van zijn professionele babbel. Nou, laat hij er maar succes mee hebben. Er is nog tijd voor een vragenrondje, minstens tien minuten. Ze hoopt dat de vragen scherp zullen zijn, dat ze tot op het bot gaan.

Aan de tongval te horen komt de eerste vragensteller uit het middenwesten van de Verenigde Staten. De eerste roman die ze ooit van een Afrikaan las, decennia geleden, zegt de vrouw, was van Amos Tutuola, de titel weet ze niet meer. (‘*The Palm Wine Drinkard,*’ oppert Egudu. ‘Ja, dat was het,’ beaamt ze.) Ze was erdoor gefascineerd. Ze had gedacht dat het een voorbode was van grootse dingen. Daarom was ze teleurgesteld geweest, vreselijk teleurgesteld, toen ze hoorde dat Tutuola in zijn eigen land geen aanzien genoot, dat goed opgeleide Nigerianen minachtend over hem spraken en zijn reputatie in het Westen als onverdiend beschouwden. Was dat waar? Was Tutuola het soort schrijver van orale romans die onze spreker in gedachten had? Wat is er van Tutuola geworden? Waren er meer boeken van hem vertaald?

Nee, antwoordt Egudu, Tutuola is verder niet vertaald, hij is zelfs helemaal niet vertaald, tenminste niet in het Engels. Waarom niet? Omdat hij niet vertaald hoefde te worden. Omdat hij altijd al in het Engels had geschreven. ‘Dat is de kern van het probleem dat de vragenstelster ter sprake brengt. Amos Tutuola’s taal is het Engels, maar niet het standaard-Engels, niet het Engels waar de Nigerianen van de jaren vijftig voor naar school en naar de universiteit gingen om het te leren. Het is de taal van een half geschoolde kantoorbediende, een man met niet meer dan een elementaire opleiding, voor een buitenstaander nauwelijks te begrijpen, voor publicatie gefatsoeneerd door Britse redacteuren. Waar het door Tutuola geschrevene ronduit dat van een analfabeet was, corrigeerden ze het; wat ze niet hadden gecorrigeerd, was wat hun authentiek Nigeriaans leek te zijn, dat wil zeggen, wat in hun oren pittoresk, exotisch, folkloristisch klonk.'

'Uit wat ik net heb gezegd,' vervolgt Egudu, 'bent u misschien geneigd te denken dat ook ik afkerig sta tegenover Tutuola of het fenomeen Tutuola. Verre van dat. Tutuola werd afgewezen door zogenaamd goed opgeleide Nigerianen omdat zij zich door hem in verlegenheid gebracht voelden – in verlegenheid omdat ze bang waren met hem op één hoop gegooid te worden als inlanders die niet goed Engels konden schrijven. Maar wat mij betreft, ik ben blij dat ik een inboorling ben, een Nigeriaanse inboorling, een inlandse Nigeriaan. In deze strijd sta ik aan de kant van Tutuola. Tutuola is of was een begaafd verteller. Ik ben blij dat u hem goed vindt. Er zijn nog wel meer boeken van hem in Engeland uitgekomen, maar geen is zo goed als *The Palm Wine Drinkard*, vind ik. En inderdaad, hij is het soort schrijver waar ik het over had, een orale schrijver.

Ik ben uitgebreid op uw vraag ingegaan omdat het geval Tutuola zo verhelderend is. Wat Tutuola zo bijzonder maakt, is dat hij zijn taal niet aanpaste aan de verwachtingen – of wat hij, als hij minder naïef was geweest, zou hebben gedacht dat de verwachtingen waren – van de buitenlanders die hem zouden lezen en beoordelen. Omdat hij niet beter wist, schreef hij zoals hij sprak. Daarom moest hij het zich laten welgevallen zonder dat hij er iets aan kon doen dat hij ten behoeve van het Westen werd afgeschilderd als een exotische Afrikaan.

Maar dames en heren, wie is er onder Afrikaanse schrijvers niet exotisch? De werkelijkheid is dat voor het Westen wij Afrikanen exotisch zijn, als we al niet gewoon als wilden worden beschouwd. Dat is ons lot. Zelfs hier, op dit schip onderweg naar het continent dat het meest exotisch van alle continenten zou moeten zijn, en ook het wildst, het continent waar helemaal geen menselijke standaards gelden, voel ik dat ik exotisch ben.'

Er wordt gelachen. Egudu toont zijn brede glimlach, innemend, zo te zien geheel spontaan. Maar zij kan niet geloven dat het een echte glimlach is, kan niet geloven dat die recht uit het hart komt, als een glimlach daar tenminste vandaan komt. Als Egudu het lot verkiest een exotische figuur te zijn, dan is dat afschuwelijk. Ze kan niet geloven dat hij dat niet weet, het niet weet en er in zijn hart niet tegen in opstand komt. Het enige zwarte gezicht in deze zee van wit.

'Maar laten we terugkeren naar uw vraag,' vervolgt Egudu. 'U hebt Tutuola gelezen, maar nu moet u mijn landgenoot Ben Okri lezen. Amos Tutuola is een heel eenvoudig, heel duidelijk geval. Okri is dat niet. Okri is een erfgenaam van Tutuola, of zij zijn samen erfgenamen van gemeenschappelijke voorouders. Maar Okri werkt de tegenstrijdigheden van het zichzelf zijn voor anderen (u moet me het jargon maar niet kwalijk nemen, het is gewoon dikdoenerij van een inlander) op een veel complexere manier uit. Lees Okri. U zult het een leerzame ervaring vinden.'

'De roman in Afrika' had, als alle praatjes aan boord, een luchtige aangelegenheid moeten worden. Geen enkel onderdeel van het programma aan boord moet zwaarwichtig zijn. Helaas dreigt Egudu zwaarwichtig te worden. Met een discreet hoofdknikje geeft het hoofd van de afdeling recreatie, de lange, Zweedse jongen in zijn lichtblauwe uniform, van opzij een teken, en charmant, moeiteloos, gehoorzaamt Egudu en maakt een einde aan zijn voorstelling.

De bemanning van de Northern Lights is Russisch, evenals de stewards. Eigenlijk is iedereen Russisch, behalve de officieren en de gidsen en de managers. De muziek aan boord wordt verzorgd door een balalaika-orkest – vijf mannen, vijf vrouwen. De muziek die ze bij het diner laten horen, is eigenlijk te sentimenteel naar haar smaak; na het diner, in de balzaal, wordt de muziek levendiger.

De orkestleidster, die ook af en toe zingt, is een blondine van begin dertig. Ze spreekt een paar woorden Engels, net voldoende om de aankondigingen te kunnen doen. 'Wij speel stuk dat in Russisch "Het briefje" genoemeded wordt, "Het briefje".' Haar 'briefje' rijmt meer op 'reliëfje' dan op 'liefje'. Het nummer, met zijn trillers en uithalen, klinkt Hongaars, klinkt zigeunerachtig, klinkt joods, klinkt als van alles, alleen niet Russisch; maar wie is zij, Elizabeth Costello, een plattelandsmeisje, om daarover te oordelen?

Zij zit er met een echtpaar van haar tafel wat te drinken. Ze komen uit Manchester, delen ze haar mee. Ze verheugen zich op haar cursus over de roman, waarvoor ze zich beiden hebben ingeschreven. De man is lang van lijf, verzorgd en zilvergrijs: ze ziet een jan-van-gent in hem. Hoe hij aan zijn geld is gekomen, zegt hij niet, en zij informeert er niet naar. De vrouw is fijn gebouwd, sensueel. Helemaal niet wat zij zich voorstelt bij Manchester. Steve en Shirley.

Ze vermoedt dat ze niet getrouwd zijn.

Tot haar opluchting gaat het gesprek algauw niet meer over haar en de boeken die ze heeft geschreven, maar over zeestromingen, waarvan Steve alles lijkt te weten wat er te weten valt, en over de wezentjes, ontelbaar veel per vierkante kilometer, wier leven eruit bestaat om, onopgemerkt door de geschiedenis, op serene wijze in deze ijzige wateren te zweven, te eten en gegeten te worden, zich te vermenigvuldigen en te sterven. Ecotoeristen, zo noemen Steve en Shirley zich. Vorig jaar de Amazone, dit jaar het zuidelijke deel van de oceaan.

Egudu staat bij de ingang en kijkt om zich heen. Ze zwaait naar hem, waarop hij naar hen toe komt. 'Kom bij ons zitten,' zegt ze. 'Emmanuel. Shirley. Steve.'

Ze complimenteren Emmanuel met zijn voordracht. 'Heel interessant,' zegt Steve. 'Uw gezichtspunt is geheel nieuw voor mij.'

Shirley reageert wat filosofischer: 'Terwijl u aan het woord was, zat ik te denken,' zegt ze. 'Ik ken uw boeken niet, moet ik helaas zeggen, maar voor u als schrijver, als het soort orale auteur dat u net beschreef, is het gedrukte boek misschien niet het meest geschikte medium. Hebt u er ooit aan gedacht om alles meteen op de band op te nemen? Waarom de omweg van het laten drukken? Of zelfs de omweg van het opschrijven? Vertel uw verhaal rechtstreeks aan de luisteraar.'

'Wat een slim idee!' zegt Emmanuel. 'Het zal niet alle problemen van de Afrikaanse schrijver oplossen, maar het is het overwegen waard.'

'Waarom zal het uw problemen niet oplossen?'

'Omdat, moet ik helaas zeggen, Afrikanen meer willen dan zwijgend zitten luisteren naar een schijfje dat ronddraait in een apparaatje. Dat zou te veel op blinde verering lijken. Afrikanen hebben behoefte aan echte aanwezigheid, aan de echte stem.'

De echte stem. Er valt een stilte terwijl ze gedrieën nadenken over de echte stem.

'Weet je dat zeker?' zegt ze, het is voor het eerst dat ze wat zegt. 'Afrikanen luisteren toch ook naar de radio? Een radio geeft wel een stem, maar geen echte stem, geen echte aanwezigheid. Wat jij wilt, Emmanuel, is geloof ik niet alleen een stem maar een opvoering: een echt aanwezige acteur die de tekst voor je opvoert. Als dat zo is, als dat is wat Afrikanen werkelijk willen, dan ben ik het met je eens dat een opname tekortschiet. Maar het is nooit de bedoeling geweest dat de roman zou dienen als script voor een opvoering. Vanaf het begin was het juist het voordeel van de roman dat hij niet afhankelijk was van opvoering. Een echte opvoering én een praktische, goedkope verspreiding, dat gaat niet samen. Het is het een of het ander. Als je inderdaad wilt dat de roman dat is – een bedrukte blocnote die je in je zak kunt steken en die ook nog een levend wezen is – dan ben ik het met je eens dat de roman in Afrika geen toekomst heeft.'

'Geen toekomst,' zegt Egudu nadenkend. 'Dat klinkt heel somber, Elizabeth. Heb jij ons geen oplossing te bieden?'

'Een oplossing? Het is niet aan mij om jullie een oplossing te bieden. Wat ik te bieden heb, is een vraag. Waarom zijn er zoveel Afrikaanse romanschrijvers terwijl je toch nauwelijks kunt spreken van een Afrikaanse roman? Dat lijkt me de werkelijke vraag. En jij hebt in je praatje zelf een aanwijzing voor het antwoord op die vraag gegeven. Exotisme en de verleidingen van het exotisme.'

'Exotisme en de verleidingen van het exotisme? Je maakt ons nieuwsgierig, Elizabeth. Vertel ons wat je bedoelt.'

Als het alleen tussen Emmanuel en haarzelf zou gaan, zou ze op dit moment zijn weggelopen. Ze is geërgerd, ze is zijn smalende ondertoon beu. Maar in het bijzijn van vreemden, van klanten, moeten ze de schijn ophouden, hij en zij allebei.

'De Engelse roman,' zegt ze, 'wordt in de eerste plaats geschreven door Engelse mensen voor Engelse mensen. Dat maakt hem tot de Engelse roman. De Russische roman wordt geschreven door Russen voor Russen. Maar de Afrikaanse roman wordt niet geschreven door Afrikanen voor Afrikanen. Afrikaanse romanschrijvers kunnen schrijven over Afrika, over wat je meemaakt als Afrikaan, maar het is net alsof ze voortdurend de blik gericht houden op de buitenlanders die hen zullen lezen. Of ze willen of niet, ze hebben de rol van tolk op zich genomen, ze vertolken Afrika voor hun lezers. Maar hoe kun je een wereld diepgaand onderzoeken als je die tegelijkertijd moet uitleggen aan buitenstaanders? Dat is net zoiets als wanneer een wetenschapper die probeert al zijn creatieve vermogens aan te wenden voor zijn onderzoek, tegelijkertijd aan een klas onwetende leerlingen moet uitleggen wat hij aan het doen is. Dat is te veel voor één mens, dat lukt niet, niet wezenlijk. Dat lijkt mij de kern van jouw probleem. Dat je, terwijl je aan het schrijven bent, tegelijkertijd je Afrikaan-zijn moet uitdragen.'

'Heel goed, Elizabeth!' zegt Egudu. 'Jij begrijpt het echt, jij verwoordt het uitstekend. De explorateur als explicateur.' Hij steekt zijn hand uit, klopt haar op de schouder.

Als de anderen er niet bij waren, denkt ze, zou ik hem een klap geven.

'Als het waar is dat ik het echt begrijp' – ze kijkt nu Egudu niet aan, praat tegen het stel uit Manchester – 'dan is dat alleen maar omdat wij in Australië soortgelijke problemen hebben gehad en die ten slotte achter ons hebben gelaten. Wij hebben uiteindelijk gebroken met de gewoonte om voor vreemdelingen te schrijven toen we een eigen, volwassen, Australisch leespubliek kregen. Dat is in de jaren zestig gebeurd. Lezers, niet schrijvers – die waren er voordien al. Wij hebben gebroken met de gewoonte om voor vreemdelingen te schrijven toen in de markt, in onze Australische markt, bleek dat we ons een literatuur van eigen bodem konden permitteren. Dat is de les die wij kunnen bieden. Dat is wat Afrika van ons zou kunnen leren.'

Emmanuel zwijgt, maar zijn ironische glimlach is niet verdwenen.

'Interessant wat u tegen elkaar zegt,' zegt Steve. 'U doet alsof schrijven handel is. U bepaalt een markt en die bevoorraadt u vervolgens. Ik had iets anders verwacht.'

'O ja? Wat had u dan verwacht?'

'Nou, u weet wel: waar schrijvers hun inspiratie opdoen, hoe ze hun personages verzinnen, dat soort dingen. Sorry, let maar niet op mij, ik ben maar een amateur.'

'Inspiratie.' De geest in jezelf ontvangen. Nu hij het woord heeft geuit, schaamt hij zich ervoor. Er valt een pijnlijke stilte.

Emmanuel neemt het woord. 'Elizabeth en ik kennen elkaar al heel lang. We hebben in de loop van de tijd veel meningsverschillen gehad. Dat verandert onze relatie niet – nee toch, hè, Elizabeth? Wij zijn vakgenoten, collega-schrijvers. Opgenomen in de grote, wereldomspannende broederschap van schrijvers.'

'Broederschap.' Hij daagt haar uit, probeert haar in het bijzijn van deze twee onbekenden op de kast te jagen. Maar ze is ineens zo misselijk van het gedoe dat ze de uitdaging niet aanneemt. Geen collega-schrijvers, denkt ze, collega-artiesten. Waarom zijn we anders aan boord van dit dure schip, houden we ons beschikbaar, zoals de uitnodiging zo openhartig stelt, voor mensen die ons vervelen en die ons inmiddels ook vervelend beginnen te vinden?

Hij prikkelt haar omdat hij onrustig is. Ze kent hem goed genoeg om dat te kunnen zien. Hij heeft genoeg van de Afrikaanse roman, genoeg van haar en haar metgezellen, hij wil iets of iemand anders.

De chanteuse is aan het einde van haar optreden gekomen. Er klinkt een zacht applaus. Ze buigt, buigt nog een keer, pakt haar balalaika. De band zet een kozakkendans in.

Wat haar ergert aan Emmanuel, maar wat ze zo verstandig is niet aan te roeren waar Steve en Shirley bij zijn, omdat het zal leiden tot onbetamelijk gedrag, is de manier waarop hij van elk verschil van mening iets persoonlijks maakt. Wat zijn geliefde orale roman betreft, waarop hij zijn nevenactiviteiten in het lezingencircuit heeft gebaseerd, ze vindt het idee door en door verward. Een roman over mensen die in een orale cultuur leven is geen orale roman, zou ze willen zeggen. Net zo goed als een roman over vrouwen geen vrouwenroman is.

Naar haar mening is al dat gepraat van Emmanuel over een orale roman, een roman die nog voeling heeft met de menselijke stem en daardoor met het menselijk lichaam, een roman die niet lichaamloos is geworden zoals de westerse roman, maar die het lichaam en de waarheid van het lichaam verwoordt, niet meer dan een manier om de mystiek van de Afrikaan als laatste drager van primaire menselijke krachten overeind te houden. Emmanuel verwijt zijn westerse uitgevers en zijn westerse lezers dat ze hem ertoe dwingen Afrika als exotisch voor te stellen; maar Emmanuel heeft er belang bij om zichzelf als exotisch voor te stellen. Emmanuel heeft, dat weet ze toevallig, in tien jaar geen boek van betekenis gepubliceerd. Toen ze hem pas leerde kennen, kon hij zich nog met recht een schrijver noemen. Nu verdient hij de kost met praten. Zijn boeken vormen zijn legitimering, meer niet. Hij is dan misschien een collega-artiest, een collega-schrijver is hij niet, niet meer. Hij zit in het lezingencircuit vanwege het geld, en vanwege andere vormen van beloning. Seks, bijvoorbeeld. Hij is donker, hij is exotisch, hij staat in contact met de levenskrachten; al is hij niet jong meer, hij ziet er goed uit, draagt zijn leeftijd met waardigheid. Welk Zweeds meisje zou zich niet laten inpalmen?

Ze drinkt haar glas leeg. 'Ik ga naar bed,' zegt ze. 'Welterusten, Steve, Shirley. Tot morgen. Welterusten, Emmanuel.'

Als ze wakker wordt, is het doodstil. Het is half vijf. De scheepsmotoren zijn uit. Ze kijkt door de patrijspoort. Buiten is het mistig, maar door de mist heen ziet ze land, op nog geen kilometer afstand. Het moet het eiland Macquarie zijn: ze had gedacht dat het uren verder lag.

Ze kleedt zich aan en gaat de gang op. Op hetzelfde moment gaat de deur van hut A-230 open en komt de Russin naar buiten, de zangeres. Ze heeft dezelfde kleren aan als de avond tevoren, de wijnrode blouse en de wijde zwarte broek; ze houdt haar schoenen in de hand. In het onvriendelijke plafondlicht ziet ze er eerder uit als veertig dan als dertig. Ze kijken elkaar niet aan als ze elkaar passeren.

A-230 is de hut van Egudu, weet ze.

Ze gaat naar het bovendek. Daar bevindt zich al een handjevol passagiers, die, goed ingepakt tegen de kou, tegen de reling geleund naar beneden staan te kijken.

De zee beneden is vol met wat zo te zien vissen zijn, grote zwarte vissen met glimmende ruggen, die daar ronddobberen en duikelen en weer omhoog komen. Ze heeft nog nooit zoiets gezien.

'Pinguïns,' zegt de man naast haar. 'Koningspinguïns. Ze komen ons begroeten. Ze weten niet wat we zijn.'

'O,' zegt ze. En dan: 'Zo argeloos? Zijn ze zo argeloos?'

De man kijkt haar bevreemd aan, draait zich dan weer naar zijn metgezel.

Het zuidelijke deel van de oceaan. Poe is er nooit geweest, Edgar Allan, maar hij heeft het in zijn fantasie doorkruist. Boten vol inlanders kwamen aangepeddeld om hem te begroeten. Het leken gewone mensen, 'net als wij', maar als ze glimlachten en hun tanden lieten zien, bleken die niet wit te zijn maar zwart. Hij moest ervan rillen, en terecht. Zeeën vol wezens die eruitzien net als wij, maar het niet zijn. Zeebloemen die zich opensperren en opslokken. Palingen, stuk voor stuk muilen met weerhaken en ingewanden eraan. Tanden zijn er om kapot te scheuren, de tong om het opgeschrokte voedsel om te roeren: dat is de werkelijkheid van het orale. Dat zou iemand eens aan Emmanuel moeten vertellen. Alleen dankzij een ingewikkeld soort economie, een evolutionair toeval, wordt het voor voedselopname bedoelde orgaan soms gebruikt om te zingen.

Ze zullen tot het middaguur voor Macquarie blijven liggen, voor de passagiers die het eiland willen bezoeken lang genoeg. Ze heeft zich opgegeven voor de groep die aan land gaat.

De eerste boot vertrekt na het ontbijt. De aanlegplaats is moeilijk te benaderen, ze moeten door dikke bedden zeewier en over rotsplateaus. Ten slotte moet een van de matrozen haar aan land helpen door haar zowat te dragen, alsof ze een oude vrouw was. De matroos heeft blauwe ogen, blond haar. Door zijn waterdichte kleding heen voelt ze zijn jeugdige kracht. In zijn armen voelt ze zich veilig als een pasgeboren kind. 'Dank je!' zegt ze erkentelijk als hij haar neerzet, maar voor hem betekent het niets, het hoort gewoon bij zijn werk, waarvoor hij een salaris krijgt, het is niet persoonlijker dan wat een verpleegster in het ziekenhuis met je doet.

Ze heeft weleens wat gelezen over Macquarie. In de negentiende eeuw was het eiland het centrum van de pinguïnjacht. Honderdduizenden pinguïns zijn hier doodgeknuppeld en in gietijzeren stoomketels geworpen om te worden gereduceerd tot nuttige olie en onnuttig restafval. Of niet doodgeknuppeld, maar met stokken een loopplank opgedreven en dan over de rand de ziedende kookpot in.

Toch lijken hun twintigste-eeuwse afstammelingen niets te hebben geleerd. Nog steeds komen ze argeloos aanzwemmen om bezoekers te verwelkomen; nog steeds roepen ze begroetingen naar hen als ze de kolonies naderen ('Ho! Ho! Ho!' roepen ze, net norse kaboutertjes), en laten hen zo dichtbij komen dat ze hen aan kunnen raken, hun zacht glanzende borsten kunnen aaien.

Om elf uur zullen de boten hen terugbrengen naar het schip. Tot dan zijn ze vrij om het eiland te verkennen. Op de helling is een albatrossenkolonie, krijgen ze te horen; ze mogen de vogels met alle plezier fotograferen, maar er niet te dicht bij komen, ze niet aan het schrikken maken. Het is het broedseizoen.

Ze dwaalt af van de rest van de mensen die aan land zijn gegaan, en na een tijdje loopt ze op een plateau boven de kustlijn en steekt een uitgestrekt wild veld met gras over.

Ineens, onverwachts, staat er iets voor haar. Eerst denkt ze dat het een rots is, glad en wit met grijze spikkels. Dan ziet ze dat het een vogel is, groter dan alle vogels die ze ooit heeft gezien. Ze herkent hem aan de lange, uitgezakte snavel, het enorme borstbeen. Een albatros.

De albatros kijkt haar aan met vaste en, zo komt het haar voor, geamuseerde blik. Van onderen steekt een kleinere versie van dezelfde lange snavel naar voren. Het jong is vijandiger. Het opent zijn bek, slaakt een langgerekte, geluidloze waarschuwingskreet.

Zo blijven zij en de twee vogels elkaar aankijken.

Voor de zondeval, denkt ze. Zo moet het geweest zijn voor de zondeval. Ik zou de boot kunnen laten vertrekken, hier blijven. God vragen om voor me te zorgen.

Er staat iemand achter haar. Ze draait zich om. Het is de Russische zangeres, nu gekleed in een donkergroene anorak met de capuchon omlaag, een hoofddoek over het haar.

'Een albatros,' merkt ze tegen de vrouw op, zachtjes. 'Dat is het Engelse woord. Ik weet niet hoe ze zichzelf noemen.'

De vrouw knikt. De grote vogel bekijkt hen rustig, van twee niet banger dan van een.

'Is Emmanuel met u meegekomen?' vraagt ze.

'Nee. Op schip.'

De vrouw lijkt niet veel zin te hebben om te praten, maar ze zet toch door. 'U bent met hem bevriend, dat weet ik. Ik ook, of dat was ik, vroeger. Mag ik vragen: wat ziet u in hem?'

Het is een rare vraag, arrogant omdat hij zo intiem is, grof zelfs. Maar het komt haar voor dat op dit eiland, tijdens een bezoek dat nooit herhaald zal worden, alles gezegd kan worden.

'Wat ik zie?' zegt de vrouw.

'Ja. Wat ziet u in hem? Wat trekt u in hem aan? Wat is de bron van zijn charme?'

De vrouw haalt haar schouders op. Haar haar is geverfd, ziet ze nu. Veertig en geen dag jonger, waarschijnlijk thuis een gezin dat van haar afhankelijk is, zo'n Russisch huishouden met een kreupele oude moeder, een man die te veel drinkt en haar slaat, een nietsnut van een zoon, en een dochter met een kaalgeschoren hoofd en paarse lippenstift. Een vrouw die een beetje kan zingen, maar die op een dag, en lang zal dat niet meer duren, zal gaan verleppen. Balalaika spelen voor buitenlanders, Russische rotzooi zingen, fooien krijgen.

'Hij is vrij. Spreekt u Russisch? Nee?'

Ze schudt haar hoofd.

'*Deutsch?*'

'Een beetje.'

'*Er ist freigebig. Ein guter Mann.*'

Freigebig, vrijgevig, uitgesproken met de zware g van het Russisch. Is Emmanuel vrijgevig? Ze weet het eigenlijk niet. Niet het eerste woord waar ze aan zou denken, in elk geval. Ruimhartig misschien. Ruimhartig in zijn gebaren.

'Aber kaum zu vertrauen,' merkt ze op tegen de vrouw. Het is jaren geleden dat ze voor het laatst die taal gebruikt heeft. Is dat de taal die die twee vannacht in bed hebben gesproken: Duits, dominante taal van het nieuwe Europa? *Kaum zu vertrauen*, eigenlijk niet te vertrouwen.

Weer haalt de vrouw haar schouders op. '*Die Zeit is immer kurz. Man kann nicht alles haben.*' Er valt een stilte. Dan neemt de vrouw weer het woord. '*Auch die Stimme. Sie macht dass man*' – ze zoekt het juiste woord – '*man schaudert.*'

Schaudern. Huiveren. De stem doet je huiveren. Dat zal wel, als je er zo dicht bij bent. Zij en de Russin wisselen iets uit wat misschien het begin van een glimlach is. En de vogel? Ze staan er nu al zo lang dat de vogel haar belangstelling aan het verliezen is. Alleen het jong, dat onder zijn moeder vandaan spiedt, is nog op zijn hoede voor de indringers.

Is ze jaloers? Hoezo? Maar toch, niet mee mogen spelen is moeilijk te accepteren. Net of je weer een kind bent, kinderbedtijd.

De stem. Haar gedachten gaan terug naar Kuala Lumpur, toen ze nog jong was, of bijna nog jong, toen ze drie nachten achter elkaar doorbracht met Emmanuel Egudu, toen ook nog jong. 'De orale dichter,' had ze plagerig tegen hem gezegd. 'Laat maar eens zien wat een orale dichter kan.' En hij had haar neergelegd, was op haar gaan liggen, had zijn lippen aan haar oor gezet, ze geopend, zijn adem in haar geademd, haar het bewijs geleverd.

DRIE

De humaniora in Afrika

I

Ze heeft haar zuster twaalf jaar niet meer gezien, niet meer sinds haar moeders begrafenis op die regenachtige dag in Melbourne. De zuster, die ze in gedachten nog steeds Blanche noemt, maar die nu al zó lang voor iedereen zuster Bridget heet dat ze inmiddels waarschijnlijk ook zelf denkt dat ze Bridget is, is – voorgoed, lijkt het – naar Afrika gegaan om een roeping te volgen. Ze is opgeleid tot classica, heropgeleid tot medische missiezuster, en ze is opgeklommen tot de functie van beheerder van een ziekenhuis van niet geringe omvang op het platteland van Zoeloeland. Sinds aids de regio teistert, heeft ze de inspanningen van het Hospital of the Blessed Mary on the Hill, Marianhill, steeds meer geconcentreerd op de ellendige situatie van de kinderen die ermee besmet zijn. Twee jaar geleden heeft Blanche een boek geschreven, *Living for Hope*, over het werk van Marianhill. Het boek is onverwachts aangeslagen. Ze heeft een lezingentournee gehouden door Canada en de Verenigde Staten, waarbij ze publiciteit heeft gegeven aan het werk van de orde en geld heeft ingezameld; *Newsweek* wijdde een artikel aan haar. Blanche, die een academische carrière had opgegeven voor een leven van geploeter in het verborgene, is dus ineens beroemd, inmiddels zo beroemd dat haar door een universiteit in haar tweede vaderland een eredoctoraat verleend zal worden.

Het is voor dit doctoraat, voor de ceremonie van de toekenning, dat zijzelf, Elizabeth, de jongere zuster van Blanche, naar een land is gekomen dat ze niet kent en dat ze nooit in het bijzonder heeft willen leren kennen, naar deze lelijke stad (ze is pas enkele uren geleden geland, heeft gezien hoe de stad zich onder haar ontrolde, grote, gegroefde stukken land, uitgestrekte, kale, afgegraven mijnen). Nu is ze er, en ze is doodmoe. Uren van haar leven kwijtgeraakt bij de oversteek over de Indische Oceaan; onzinnig te geloven dat ze die ooit zal inhalen. Ze zou een dutje moeten doen, zich opfrissen, haar gevoel voor humor terug zien te krijgen, voordat ze Blanche ontmoet, maar daarvoor is ze te onrustig, te gedesoriënteerd, te – ze voelt het onderhuids – ziek. Heeft ze in het vliegtuig iets opgelopen? Ziek worden te midden van vreemden: wat een ellende! Ze bidt dat ze zich vergist.

Ze hebben hen beiden in hetzelfde hotel ondergebracht, zuster Bridget Costello en mevrouw Elizabeth Costello. Tijdens de voorbereidingen is er geïnformeerd of ze eenpersoonskamers wilden of liever een suite met zijn tweeën. Eenpersoonskamers, had ze gezegd; ze had gedacht dat Blanche dat ook zou zeggen. Blanche en zij waren nooit erg intiem geweest; nu ze niet langer vrouwen zijn over wier leeftijd je niet praat, maar ronduit oude vrouwen, heeft ze geen zin om de avondgebeden van Blanche aan te horen of te zien wat voor ondergoed de zusters van de Maria-orde dragen.

Ze pakt uit, rommelt wat, zet de televisie aan, zet hem weer uit. Terwijl ze met dit alles bezig is, valt ze toch nog in slaap, plat op haar rug, met schoenen en alles aan. Ze wordt gewekt door de telefoon. Blind tast ze naar de hoorn. Waar ben ik, denkt ze. Wie ben ik? 'Elizabeth?' zegt een stem. 'Ben jij dat?'

Ze ontmoeten elkaar in de lounge van het hotel. Ze dacht dat de kledingvoorschriften voor nonnen minder streng waren geworden. Maar als dat zo is, is dat aan Blanche voorbijgegaan. Ze draagt de kap, de effen witte blouse, de grijze rok tot op de kuit, de stompe zwarte schoenen die decennia geleden de normale uitrusting waren. Haar gezicht is gegroefd, de rug van haar handen is bruin gespikkeld; verder is ze goed geconserveerd. Het soort vrouw dat de negentig haalt, denkt ze bij zichzelf. 'Schraal' is het woord dat onwillekeurig bij haar opkomt: 'schraal als een kip.' Wat Blanche voor zich ziet, wat er geworden is van de zuster die de wereld niet vaarwel heeft gezegd, daar denkt ze liever niet over na.

Ze omhelzen elkaar, bestellen thee. Ze babbelen wat. Blanche is tante, al heeft ze zich nooit als zodanig gedragen, dus moet ze luisteren naar nieuwtjes over een neef en een nicht die ze maar zelden heeft gezien en die net zo goed vreemden konden zijn. Al terwijl ze met elkaar praten vraagt Elizabeth zich af: ben ik hiervoor gekomen – voor deze vluchtige kus op de wang, deze uitwisseling van vermoeiende woorden, dit gebaar als om een verleden te willen oproepen dat al bijna verdwenen is?

Familie. Familietrekken. Twee oude vrouwen in een buitenlandse stad, die aan de thee nippen en hun ontzetting over elkaar verbergen. Er moet iets van te maken zijn, geen twijfel aan. Er zit vast een verhaal in, onopvallend verstopt als een muis in een holletje. Maar ze is te moe, hier en nu, om het te kunnen pakken, er greep op te krijgen.

'Om half tien,' zegt Blanche.

'Wat?'

'Half tien. We worden opgehaald om half tien. Hier beneden.' Ze zet haar kopje neer. 'Zo te zien ben je bekaf, Elizabeth. Ga even slapen. Ik moet een praatje voorbereiden. Ze hebben gevraagd of ik wat wil zeggen. Voor wat, hoort wat.'

'Een praatje?'

'Een toespraak. Morgen houd ik een toespraak, voor degenen die afstuderen. Die zul je moeten verduren, vrees ik.'

II

Ze heeft met andere belangrijke gasten een plaats op de voorste rij toegewezen gekregen. Jaren geleden dat ze voor het laatst bij een universitaire diploma-uitreiking is geweest. Het einde van het academisch jaar: de hitte van de zomer is hier in Afrika net zo erg als thuis.

Er zijn, als ze afgaat op het blok in zwarte toga's gehulde jongelui achter haar, zo'n tweehonderd bullen in de humaniora uit te reiken. Maar eerst is Blanche aan de beurt, die als enige een eredoctoraat krijgt. Ze wordt aan de aanwezigen voorgesteld. Gekleed in de rode toga van doctor, docent, gaat ze met gevouwen handen voor hen staan, terwijl de spreker namens de universiteit haar levenswerk uit de doeken doet. Dan wordt ze naar de zetel van de rector magnificus geleid. Ze buigt haar knie, en de uitreiking vindt plaats. Een lang applaus. Zuster Bridget Costello, bruid van Christus en doctor in de letteren, die met haar leven en werk weer glans geeft, zolang het duurt, aan het begrip missionaris.

Ze neemt plaats achter het spreekgestoelte. Nu moet zij haar zegje doen, Bridget, Blanche.

'Meneer de rector,' zegt ze, 'geachte leden van de universitaire gemeenschap.

U hebt mij vanmorgen gehuldigd, en ik wil met dankbaarheid dit huldeblijk aanvaarden, niet alleen voor mijzelf maar ook in naam van de vele tientallen mensen die de afgelopen halve eeuw hun arbeidskracht en hun liefde in dienst hebben gesteld van de kinderen van Marianhill, en door deze kleintjes in dienst van onze Heer.

De vorm die u hebt gekozen om ons te huldigen, is de vorm waarmee u het meest vertrouwd bent, de verlening van een academische graad, te weten een, zoals u dat noemt, doctoraat in de litterae humaniores, de humaniora. Op het gevaar af dat ik u dingen vertel die u beter weet dan ik, zou ik deze gelegenheid willen benutten om iets te zeggen over de humaniora, over hun geschiedenis en hun huidige positie, en ook iets over humaniteit. Wat ik te zeggen heb, kan, hoop ik, van belang zijn voor de positie waarin u zich als dienaren van de humaniora bevindt, hier in Afrika, maar ook in de wereld als geheel, een positie namelijk die bedreigd is.

We moeten soms hardvochtig zijn om goed te kunnen doen, dus wil ik beginnen met u eraan te herinneren dat het niet de universiteit is geweest die in het leven heeft geroepen wat wij tegenwoordig de humaniora noemen, maar die ik, omdat dat historisch gezien juister is, verder de *studia humanitatis* zal noemen, studies van de mens en de aard van de mens, te onderscheiden van de *studia divinitatis*, studies met betrekking tot het goddelijke. De universiteit heeft de studia humanitatis niet in het leven geroepen, en evenmin heeft de universiteit, toen ze de studia humanitatis op den duur binnen haar domein accepteerde, ze een bijzonder warm onthaal bereid. Integendeel, de universiteit heeft de studia humanitatis slechts in een sobere, beperkte vorm omhelsd. Die beperkte vorm was de tekstwetenschap; de geschiedenis van de studia humanitatis binnen de universiteit is sinds de vijftiende eeuw zo nauw verbonden met de geschiedenis van de tekstwetenschap dat die twee net zo goed aan elkaar gelijkgesteld kunnen worden.

Aangezien ik niet de hele ochtend de tijd heb (uw voorzitter heeft me gevraagd me te beperken tot ten hoogste vijftien minuten – "ten hoogste" waren zijn woorden), zal ik zeggen wat ik wil zeggen zonder vermelding van de stapsgewijze argumentatie en de historische bewijzen waar u als studenten en geleerden hier bijeen recht op hebt.

Tekstwetenschap, zou ik willen zeggen als ik meer tijd had, was de levensadem van de studia humanitatis toen deze een wat we met recht kunnen noemen historische beweging representeerden, namelijk de humanistische beweging. Maar het duurde niet lang voordat de levensadem in de tekstwetenschap werd gesmoord. De geschiedenis van de tekstwetenschap is sindsdien het verhaal hoe telkens weer pogingen in het werk zijn gesteld om dat leven te reanimeren, tevergeefs.

De tekst voor de bestudering waarvan de tekstwetenschap werd uitgevonden, was de bijbel. De beoefenaren van de tekstwetenschap zagen als hun taak de ware boodschap van de bijbel te herontdekken, de ware leer van Jezus. Het beeld dat ze gebruikten om hun werk te beschrijven, was het beeld van de wedergeboorte of de opstanding. De lezer van het Nieuwe Testament moest van aangezicht tot aangezicht komen te staan, nu voor het eerst, met de herrezen, herboren Christus, de *Christus renascens*, niet langer aan het oog onttrokken door een floers van geleerde toelichtingen en commentaren. Met dit doel voor ogen leerden de geleerden eerst Grieks, toen Hebreeuws en (later) de andere talen van het Nabije Oosten. Tekstwetenschap behelsde allereerst de herontdekking van de juiste tekst en daarna de juiste vertaling van die tekst; en de juiste vertaling bleek niet te scheiden te zijn van de juiste interpretatie, net zo goed als de juiste interpretatie niet te scheiden bleek van het juiste begrip van de culturele en historische voedingsbodem waarin de tekst was ontstaan. Op die manier zijn linguïstiek, literatuurwetenschap (als bestudering van interpretaties), culturele studies en de geschiedwetenschap – de studierichtingen die de kern vormen van de zogenaamde humaniora – met elkaar verknoopt geraakt.

Waarom, zo kunt u met recht vragen, zou je deze verzameling studierichtingen gericht op het terughalen van het ware woord van de Heer studia humanitatis noemen? Deze vraag stellen blijkt ongeveer op hetzelfde neer te komen als de vraag waarom de studia humanitatis pas zijn opgekomen in de vijftiende eeuw van onze bloeitijd en niet honderden jaren eerder?

Het antwoord is dat dit grotendeels een gevolg is van historische toevalligheden, namelijk het verval en ten slotte de plundering van Constantinopel en de vlucht van Byzantijnse geleerden naar Italië. (Met het oog op de vijftienminutenregel van uw rector zal ik voorbijgaan aan de reële invloed van de ideeën van

Aristoteles, Galenus en andere Griekse filosofen in de middeleeuwse christelijke wereld en de rol van Arabisch Spanje in de overlevering van hun leerstellingen.)

Timeo Danaos et dona ferentes. De geschenken die de mannen uit het Oosten meebrachten, waren niet alleen grammatica's van de Griekse taal, maar ook teksten van auteurs uit de Griekse oudheid. De taalkundige vaardigheid die men op het Griekse Nieuwe Testament wilde loslaten, was slechts te verbeteren door zich onder te dompelen in deze verleidelijke voorchristelijke teksten. En zoals te verwachten was, werd de bestudering van deze teksten, later de klassieken genoemd, in een mum van tijd een doel op zichzelf.

En dat niet alleen: de bestudering van de teksten uit de Oudheid werd gaandeweg niet alleen gerechtvaardigd op taalkundige maar ook op filosofische gronden. Jezus was gezonden ter verlossing van de mensheid, was de stelling. Maar verlossing uit wat? Uit een nietverloste staat natuurlijk. Maar wat weten we van de mensheid in niet-verloste staat? De enige substantiële bronnen die alle aspecten van het leven omvatten, zijn de bronnen uit de Oudheid. Dus om de bedoeling achter de Menswording te begrijpen – dat wil zeggen, de betekenis te begrijpen van de verlossing – moeten we ons, via de klassieken, richten op de studia humanitatis.

Zo, volgens deze korte en ruwe schets die ik ervan gegeven heb, kon het dus gebeuren dat de bijbelwetenschap en de studie van de Griekse en Romeinse oudheid verbonden raakten in een relatie die nooit zonder antagonisme is geweest, en zo kon het gebeuren dat de tekstwetenschap en de bijbehorende disciplines kwamen te vallen in de categorie "humaniora".

Dat is dus de geschiedenis. Dat is dus de reden dat u, in al uw verscheidenheid en, zoals u misschien zelf vindt, zonder bij elkaar te passen, hier vanochtend onder één dak bij elkaar zit als aanstaande bezitters van een graad in de humaniora. Nu zal ik u, in de paar minuten die mij nog resten, vertellen waarom ik niet bij u hoor en waarom ik u geen boodschap van troost kan brengen, ondanks uw genereuze gebaar jegens mij.

De boodschap die ik u te brengen heb, is dat u reeds lang geleden de weg bent kwijtgeraakt, misschien al wel vijf eeuwen geleden. Het handjevol mannen dat aan de basis stond van de beweging waarvan u, naar ik vrees, het trieste staartje vertegenwoordigt – die mannen werden geïnspireerd, althans aanvankelijk, door de doelstelling van het vinden van het Ware Woord, waarmee zij destijds bedoelden, zoals ik het nu bedoel, het woord van de verlossing.

Dat woord is niet te vinden bij de klassieken, of u nu onder klassieken Homerus en Sophocles verstaat, of Homerus, Shakespeare en Dostojevski. In gelukkiger tijden dan de onze konden mensen zichzelf nog wijsmaken dat de klassieken van de Oudheid hun een leer en een manier van leven boden. In onze tijd nemen we enigszins wanhopig genoegen met de stelling dat de studie der klassieken op zichzelf wellicht een manier van leven kan bieden, of zo niet een manier van leven, dan toch een manier om aan de kost te komen, waarvan, mocht niet aan te tonen zijn dat die op een of andere manier een goede uitwerking heeft, in elk geval niemand beweert dat er kwaad mee wordt aangericht.

Maar de drijvende kracht die de eerste generatie tekstgeleerden inspireerde, kan niet zonder meer ook worden ingezet voor een ander doel. Ik ben een dochter van de katholieke kerk, niet van de Reformatie, maar ik prijs Maarten Luther wanneer hij Desiderius Erasmus de rug toekeert en van oordeel is dat zijn collega zich, ondanks zijn immense gaven, heeft laten verleiden zich bezig te houden met studies die er, gemeten naar waar het werkelijk om gaat, niet toe doen. Het heeft lang geduurd voordat de studia humanitatis aan hun einde kwamen, maar nu, aan het slot van het tweede millennium van onze tijdrekening, liggen ze echt op hun sterfbed. En des te bitterder moet die dood zijn, zou ik denken, omdat die veroorzaakt is door het monster dat uitgerekend door die studies op de troon is gezet als het eerste en bezielende beginsel van het universum: het monster van de ratio, de mechanische rede. Maar dat is een ander verhaal, voor een andere keer.'

III

Dat is het einde, het einde van Blanches rede, die niet zozeer met applaus wordt ontvangen als wel met wat op de voorste rij stoelen klinkt als een gemompel dat algehele verwarring uitdrukt. Men gaat over tot de orde van de dag: een voor een worden de nieuwe academici naar voren geroepen om hun bul in ontvangst te nemen; en de ceremonie wordt besloten met een plechtige uittocht, waaraan ook Blanche in haar rode toga deelneemt. Daarna heeft zij, Elizabeth, even de gelegenheid om zich onder de rondlopende gasten te mengen, te luisteren naar hun gebabbel.

Dat gebabbel blijkt voornamelijk te gaan over de uitzonderlijke lengte van de plechtigheid. Pas in de foyer verneemt ze opmerkingen over Blanches toespraak zelf. Een lange man met een met hermelijn afgezette toga over zijn arm staat opgewonden te praten tegen een vrouw in het zwart. 'Wie denkt ze wel dat ze is,' zegt hij, 'om deze gelegenheid te baat te nemen ons de les te lezen! Een missionaris uit de rimboe van Zoeloeland – wat weet zij van humaniora? En die harde katholieke opstelling – alsof er geen oecumene is!'

Ze is hier te gast – gast van de universiteit, gast van haar zuster, gast in dit land ook. Als deze mensen ergens aanstoot aan willen nemen, hebben ze daar het recht toe. Zij moet daar niet bij betrokken raken. Laat Blanche haar eigen strijd voeren.

Maar het blijkt nog niet zo makkelijk er niet bij betrokken te raken. Er is een officiële lunch georganiseerd, en zij is daarbij uitgenodigd. Als ze haar plaats inneemt, blijkt ze naast diezelfde lange man te zitten, die zich inmiddels heeft ontdaan van zijn middeleeuwse kostuum. Ze heeft geen trek, er zit een knoop in haar maag en ze is misselijk, het liefste zou ze weer op haar hotelkamer zijn en even gaan liggen, maar ze vermant zich. 'Mag ik me voorstellen,' zegt ze. 'Ik ben Elizabeth Costello. Zuster Bridget en ik zijn zusters. In de zin van bloedverwanten, bedoel ik.'

Elizabeth Costello. Ze ziet dat de naam niets voor hem betekent. Zijn naam staat op het tafelkaartje vóór hem: professor Peter Godwin.

'Ik neem aan dat u hier doceert,' zegt ze, om een gesprek te beginnen. 'Wat doceert u?'

'Ik doceer literatuur, Engelse literatuur.'

'Het moet hard zijn aangekomen wat mijn zuster zei. Nou, let u maar niet op haar. Ze is een beetje een haaibaai, dat is alles. Ze houdt wel van een fikse strijd.' Blanche, zuster Bridget, de haaibaai, zit aan het andere eind van de tafel, zelf ook verwikkeld in een gesprek. Ze kan hen niet horen.

'We leven in een geseculariseerde tijd,' antwoordt Godwin. 'Je kunt de klok niet terugzetten. Je kunt een instituut niet veroordelen omdat het meeverandert met de tijd.'

'Met instituut bedoelt u de universiteit?'

'Ja, universiteiten, maar in het bijzonder faculteiten van de humaniora, die nog steeds het hart van elke universiteit zijn.'

De humaniora het hart van de universiteit. Ze mag dan een buitenstaander zijn, maar als haar gevraagd zou worden wat tegenwoordig het hart van de universiteit is, de discipline waar het om draait, zou ze zeggen dat dat het maken van winst is. Dat is althans de indruk die je krijgt in Melbourne in de Australische deelstaat Victoria, en het zou haar niet verbazen als het in Johannesburg in Zuid-Afrika hetzelfde was.

'Maar heeft mijn zuster dat nou echt gezegd: dat jullie de klok moeten terugzetten? Zei ze niet iets wat veel interessanter was, veel uitdagender – dat er in de humaniora vanaf het begin sprake is geweest van een misverstand? Dat er iets mis was in die zin dat er van de humaniora verwachtingen werden gekoesterd waaraan zij nooit zouden kunnen voldoen? Ik ben het niet per definitie met haar eens; maar dat was wat ik heb begrepen dat ze beweerde.'

'De ware studie van het mensdom is de mens,' zegt professor Godwin. 'De natuur van de mensheid is een gevallen natuur. Zelfs uw zuster zou het daarmee eens zijn. Maar dat moet ons er niet van weerhouden ons best te doen – ons best doen onszelf te verbeteren. Uw zuster wil dat we de mens opgeven en terugkeren tot God. Dat is wat ik bedoel als ik het heb over het terugzetten van de klok. Zij wil terugkeren naar de tijd vóór de Renaissance, de tijd vóór de humanistische beweging waarover ze sprak, de tijd vóór de relatieve verlichting van de twaalfde eeuw zelfs. Zij wil dat we ons weer onderdompelen in het christelijke fatalisme van wat ik zou willen noemen de Diepe Middeleeuwen.'

'Mijn zuster kennende, zou ik niet meteen willen zeggen dat ze in welk opzicht ook fatalistisch is. Maar u zou zelf met haar moeten gaan praten, uw standpunt uitdragen.'

Professor Godwin richt zijn aandacht op zijn salade. Er valt een stilte. Aan de overkant van de tafel glimlacht de vrouw in het zwart van wie ze denkt dat het Godwins echtgenote is, naar haar. 'Hoorde ik u zeggen dat u Elizabeth Costello heet?' zegt ze. 'Toch niet de schrijfster Elizabeth Costello?'

'Ja, daarmee verdien ik de kost. Ik schrijf.'

'En u bent de zus van zuster Bridget?'

'Ja. Dat ben ik. Maar zuster Bridget heeft vele zusters. Ik ben maar een zuster in den bloede. De anderen zijn echte zusters, zusters in de geest.'

Ze bedoelt de opmerking luchtig, maar ze lijkt mevrouw Godwin in verwarring te brengen. Misschien is dat de reden waarom de mensen hier hun stekels zo opzetten bij de woorden van Blanche: ze gebruikt woorden als 'geest' en 'God' niet adequaat, op plaatsen waar ze niet horen. Nou, ze is niet gelovig, maar in dit geval kiest ze de kant van Blanche, denkt ze bij zichzelf.

Mevrouw Godwin zit tegen haar man te praten, kijkt hem veelbetekenend aan. 'Elizabeth Costello de schrijfster, lieverd,' zegt ze.

'O ja,' zegt professor Godwin, maar het is duidelijk dat de naam hem niets zegt.

'Mijn man zit in de achttiende eeuw,' zegt mevrouw Godwin.

'Ah, juist. Een mooie periode om in te zitten. Het tijdperk van de rede.'

'Ik dacht niet dat we de periode tegenwoordig nog in dat soort simpele termen beschouwen,' zegt professor Godwin. Hij lijkt meer te willen zeggen, maar doet het niet.

Het gesprek met het echtpaar Godwin hapert duidelijk. Ze kijkt naar de persoon die rechts van haar zit, maar hij wordt geheel door anderen in beslag genomen.

'Toen ik studeerde,' zegt ze, terwijl ze de Godwins weer aankijkt, 'wat zo rond 1950 was, lazen we veel van D.H. Lawrence. Natuurlijk lazen we ook de klassieken, maar daaraan besteedden we niet de meeste aandacht. D.H. Lawrence, T.S. Eliot – dat waren de schrijvers in wie we ons verdiepten. Uit de achttiende eeuw misschien Blake nog. Shakespeare misschien, want we weten allemaal dat Shakespeare boven zijn tijd uitstijgt. Lawrence boeide ons omdat hij een soort verlossing beloofde. Als we de duistere goden aanbaden, begrepen we van hem, als we hun eer bewezen, dan zouden we gered worden. Wij geloofden hem. En zo deden we het, op grond van de aanwijzingen die Lawrence had laten vallen, aanbaden we de donkere goden zo goed als we konden. Nou, die aanbidding heeft ons niet gered. Een valse profeet, zou ik hem nu noemen, achteraf.

Wat ik bedoel te zeggen is dat wij als studenten in de literatuur in wezen op zoek waren naar een richtsnoer, een richtsnoer in onze verwarring. En dat vonden we bij Lawrence, of we vonden het bij Eliot, de vroege Eliot; een ander soort richtsnoer misschien, maar evengoed een richtsnoer voor ons leven. Wat we verder nog lazen was eigenlijk niet meer dan opvulling om onze examens te halen.

Als de humaniora willen overleven, dan moeten ze aansluiten bij die belangstelling en die behoefte aan een richtsnoer, dat wil zeggen bij de behoefte die uiteindelijk een zoektocht naar verlossing is.'

Ze heeft veel gezegd, meer dan ze eigenlijk wilde. En in de stilte die nu valt, ziet ze dat ook anderen hebben meegeluisterd. Zelfs haar zuster heeft zich naar haar toe gedraaid.

'Toen zuster Bridget ons vroeg u uit te nodigen voor deze blijde gebeurtenis,' zegt de rector aan het hoofd van de tafel luid, 'hebben wij niet begrepen dat we dé Elizabeth Costello in ons midden zouden hebben. Welkom. Het is ons een groot genoegen u hier te ontvangen.'

'Dank u wel,' zegt ze.

'Ik kon het niet helpen dat ik een gedeelte opving van wat u zei,' vervolgt de rector. 'Bent u het dan met uw zuster eens dat de toekomst er duister uitziet voor de humaniora?'

Ze moet voorzichtig manoeuvreren. 'Ik zei alleen,' zegt ze, 'dat onze lezers – onze jonge lezers in het bijzonder – zich tot ons wenden met een zekere hunkering, en dat, als wij die hunkering niet kunnen of willen stillen, we niet verbaasd moeten zijn als ze zich van ons afkeren. Maar mijn zuster en ik zitten niet in dezelfde branche. Zij heeft gezegd wat zij dacht. Ik voor mij zou zeggen dat er genoeg boeken zijn waarvan we iets kunnen leren over onszelf. Iedere lezer zou daar genoeg aan moeten hebben. Of althans bijna iedere lezer.'

Ze kijken naar haar zuster om te zien hoe ze reageert. Iets leren over onszelf: wat zou dat anders kunnen zijn dan studium humanitatis?

'Is dit gewoon een babbeltje onder het eten?' vraagt zuster Bridget. 'Of menen we het serieus?'

'We menen het serieus,' zegt de rector. 'We zijn serieus.'

Misschien moet ze haar mening over hem herzien. Misschien is hij niet de zoveelste universitaire bureaucraat die de goede gastheer probeert uit te hangen, maar een ziel met de hunkeringen van een ziel. Het zou kunnen. In feite zijn ze dat in diepste wezen misschien wel allemaal, zoals ze hier rond de tafel zitten: hunkerende zielen. Ze moet niet te snel oordelen. Deze mensen zijn in elk geval niet stom. En ze zullen er inmiddels wel achter zijn dat ze, of ze het leuk vinden of niet, met zuster Bridget een bijzonder mens in huis hebben.

'Ik hoef er geen romans op na te slaan,' zegt haar zuster, 'om te weten tot welke kleinzieligheid, welke laaghartigheid en welke wreedheid mensen in staat zijn. Dat is het uitgangspunt, voor ons allemaal. Wij zijn gevallen schepselen. Als de bestudering van de mens niet meer oplevert dan dat beeld van onze duistere kanten, dan kan ik mijn tijd wel beter gebruiken. Maar als de bestudering van de mens inzicht verschaft in wat de herboren mens misschien kan zijn, dan is het een ander verhaal. Maar goed, u hebt voor vandaag genoeg college gehad.'

'Maar,' zegt de jongeman die naast mevrouw Godwin zit, 'dat is toch precies waar het humanisme voor stond, en de Renaissance ook. Voor de mensheid zoals de mensheid kan zijn. Voor de opbloei van de mens. De humanisten waren geen crypto-atheïsten. Het waren zelfs geen vermomde Lutheranen. Het waren katholieke christenen als uzelf, zuster. Denkt u aan Lorenzo Valla. Valla had niets tegen de Kerk, hij kende alleen beter Grieks dan Hieronymus, en hij heeft een paar fouten onder de aandacht gebracht die Hieronymus had gemaakt in zijn vertaling van het Nieuwe Testament. Als de kerk van het beginsel was uitgegaan dat de Vulgaat van Hieronymus niet het woord van God was, maar het maaksel van een mens en dus voor verbetering vatbaar, zou de hele geschiedenis van het Westen er misschien anders uit hebben gezien.'

Blanche zwijgt. De spreker gaat door.

'Als de Kerk in staat was geweest te erkennen dat haar leer en haar hele systeem van overtuigingen was gebaseerd op teksten, te erkennen dat die teksten in de overlevering enerzijds onderhevig waren aan vergissingen en dergelijke, en dat er anderzijds bij het vertalen iets mis kon gaan omdat vertalingen altijd onvolmaakt zijn, en als de Kerk ook nog, in plaats van zich het monopolie op de interpretatie van teksten toe te eigenen, bij machte was geweest om te erkennen dat die interpretatie ingewikkeld is, uiterst ingewikkeld, dan zouden we vandaag deze discussie niet hebben gehad.'

'Maar,' zegt de rector, 'we zijn toch alleen maar te weten gekomen dat het interpreteren zo uiterst ingewikkeld kan zijn door bepaalde historische ervaringen, lessen die de Kerk van de vijftiende eeuw niet had kunnen voorzien?'

'Zoals?'

'Zoals het contact met honderden andere culturen, elk met een eigen taal, geschiedenis en mythologie en unieke wereldbeschouwing.'

'Wat dat betreft vind ik,' zegt de jongeman, 'dat we door de humaniora en alleen daardoor en door de vorming die de humaniora mogelijk maken, in staat zullen zijn onze weg te vinden in deze nieuwe multiculturele wereld, en wel juist, juist' – hij slaat zowat op de tafel, zo opgewonden is hij – 'omdat het in de humaniora om lezen en interpreteren gaat. De humaniora zijn begonnen, zoals we in de lezing gehoord hebben, als tekstwetenschap en hebben zich ontwikkeld tot een stelsel van disciplines gewijd aan interpretatie.'

'In wezen de menswetenschappen,' zegt de rector.

De jongeman vertrekt zijn gezicht. 'Dat leidt alleen maar af, meneer de rector. Als u het goedvindt, wilde ik het bij studia ofwel disciplines houden.'

Zo jong, denkt ze, en al zo van zichzelf overtuigd. Hij wil het bij studia houden.

'En Winckelmann dan?' zegt haar zuster.

Winckelmann? De jongeman kijkt haar niet-begrijpend aan.

'Zou Winckelmann zichzelf herkend hebben in het beeld dat u schetst van de humanist als een technicus van de tekstinterpretatie?'

'Dat weet ik niet. Winckelmann was een groot geleerde. Misschien wel.'

'Of Schelling,' vervolgt haar zuster. 'Of wie dan ook van al degenen die min of meer openlijk beleden dat de Griekse wereld een beter beschavingsideaal bood dan de joods-christelijke. Of zelfs diegenen die geloofden dat de mensheid de weg kwijt was en terug diende te keren naar zijn primitieve wortels en opnieuw beginnen. Met andere woorden de antropologen. Lorenzo Valla – nu u het toch over Lorenzo Valla hebt – was een antropoloog. Zijn uitgangspunt was de menselijke samenleving. U zegt dat de eerste humanisten geen crypto-atheïsten waren. Nee, dat waren ze niet. Het waren crypto-relativisten. Zij zagen Jezus als iemand geworteld in zijn eigen wereld, of zoals wij het tegenwoordig zouden zeggen, geworteld in zijn eigen cultuur. Het was hun taak als geleerden die wereld te begrijpen en voor hun eigen tijd te interpreteren. Net zoals het op den duur hun taak zou worden om de wereld van Homerus te interpreteren. Enzovoorts, tot aan Winckelmann toe.'

Ze stopt plotseling, kijkt de rector aan. Heeft hij haar misschien een teken gegeven? Heeft hij – onvoorstelbaar – zuster Bridget onder tafel op haar knie getikt?

'Ja, fascinerend,' zegt de rector. 'We hadden u moeten uitnodigen een hele serie lezingen te geven, zuster Bridget. Helaas hebben sommigen onder ons nu andere verplichtingen. Misschien ooit in de toekomst...' Hij laat de mogelijkheid in de lucht hangen; minzaam neigt zuster Bridget haar hoofd.

IV

Ze zijn weer in het hotel. Ze is moe, ze moet iets innemen tegen die misselijkheid die ze nog steeds voelt, ze moet gaan liggen. Maar de vraag blijft doorzeuren: waarom deze vijandigheid van Blanche jegens de humaniora? 'Ik hoef er geen romans op na te slaan,' had Blanche gezegd. Is die vijandigheid op een ingewikkelde manier op haar gericht? Ze heeft Blanche trouw al haar boeken gestuurd prompt nadat ze in druk verschenen, maar ze merkt nergens aan dat Blanche er weleens een gelezen heeft. Is ze naar Afrika ontboden als vertegenwoordigster van de humaniora of van de roman, of van beide, om een lesje te krijgen voordat ze beiden het graf in gaan? Ziet Blanche haar echt zo? De waarheid – en daar zou ze Blanche van moeten doordringen – is dat ze nooit veel op heeft gehad met de humaniora. De hele onderneming is een beetje te mannelijk zelfvoldaan, te zelfzuchtig. Ze moet Blanche corrigeren.

'Winckelmann,' zegt ze tegen Blanche. 'Wat bedoelde je door over Winckelmann te beginnen?'

'Ik wilde hen eraan herinneren waar de studie van de klassieken toe kan leiden. Tot het hellenisme als alternatieve religie. Een alternatief voor het christendom.'

'Dat dacht ik al. Een alternatief voor een paar estheten, een paar hoogontwikkelde producten van het Europese onderwijssysteem. Maar toch niet een alternatief voor de grote massa.'

'Je snapt niet wat ik wil zeggen, Elizabeth. Het hellenisme was een alternatief. Al was het misschien armzalig, Hellas was het enige alternatief voor het christelijke visioen dat het humanisme kon bieden. Ze konden verwijzen naar de Griekse samenleving – een uiterst geïdealiseerd beeld van de Griekse samenleving, maar hoe konden gewone mensen dat weten? – en zeggen: "Kijk, zo zouden we moeten leven, niet in het hiernamaals, maar in het hier en nu."'

Hellas: halfnaakte mannen, met borsten glimmend van de olijfolie, die gezeten op de trappen van een tempel discussiëren over het goede en het ware, terwijl op de achtergrond lenige knapen aan het worstelen zijn en een kudde geiten vredig graast. Vrije geesten in vrije lichamen. Meer dan een geïdealiseerd beeld: een droom, een waanvoorstelling. Maar hoe moeten we anders leven dan door dromen?

'Ik ben het niet met je oneens,' zegt ze. 'Maar wie gelooft er nog in het hellenisme? Wie kent zelfs het woord nog maar?'

'Je snapt het nog steeds niet. Het hellenisme was het enige visioen van het goede leven dat het humanisme kon bieden. Toen het hellenisme tekortschoot – wat onvermijdelijk was, aangezien het hoegenaamd niets te maken had met het leven van gewone mensen – ging het humanisme failliet. Die man tijdens de lunch propageerde de humaniora als een stelsel van technieken, de menswetenschappen. Gortdroog. Welke jonge man of vrouw van vlees en bloed ziet uit naar een leven van wroeten in archieven of *explications de texte* zonder einde?'

'Maar het hellenisme was toch maar een fase in de geschiedenis van de humaniora? Sindsdien zijn bredere, meer omvattende visies ontstaan op wat het menselijk leven zou kunnen zijn. De klasseloze maatschappij, bijvoorbeeld. Of een wereld waarin armoede, ziekte, analfabetisme, racisme, seksisme, homohaat, vreemdelingenhaat en de hele verdere litanie van het kwaad zijn uitgebannen. Ik wil hier niet pleiten voor een van deze idealen. Ik wil alleen zeggen dat mensen niet kunnen leven zonder hoop, en misschien niet zonder illusies. Je had je tot al deze mensen met wie we hebben geluncht kunnen wenden met de vraag of ze, als humanist of althans erkend beoefenaar van de humaniora, konden zeggen wat het doel van al hun inspanningen was, en dan zouden ze allemaal hebben geantwoord dat ze er, hoe indirect ook, naar streefden het levenslot van de mensheid te verbeteren.'

'Ja. En daarmee onthullen ze wat een trouwe volgelingen ze zijn van hun humanistische voorgangers. Die een seculier beeld van de verlossing boden. Wedergeboorte zonder de tussenkomst van Christus. Alleen door de mens bewerkstelligd. Renaissance. Naar het voorbeeld van de Grieken. Of naar het voorbeeld van de Amerikaanse indianen. Of naar het voorbeeld van de Zoeloes. Nou, dat is onmogelijk.'

'Dat is onmogelijk, zeg je. Omdat – hoewel ze het zich geen van allen bewust waren – de Grieken verdoemd waren, de indianen verdoemd waren, de Zoeloes verdoemd waren.'

'Ik heb niets gezegd over verdoemenis. Ik heb het alleen over de geschiedenis, over alles wat mensen hebben ondernomen. Het is onmogelijk. *Extra ecclesiam nulla salvatio.*'

Ze schudt haar hoofd. 'Blanche, Blanche, Blanche,' zegt ze. 'Wie had kunnen denken dat jij zo onbuigzaam zou worden.'

Blanche kijkt haar aan met een ijzige glimlach. Het licht weerkaatst in haar brillenglazen.

V

Het is zaterdag, haar laatste volledige dag in Afrika. Ze brengt hem door op Marianhill, de missiepost die het levenswerk van haar zuster is en waar ze thuis is. Morgen reist ze naar Durban. Van Durban vliegt ze naar Bombay en vandaar door naar Melbourne. En dan is het gedaan. We zien elkaar niet meer terug, Blanche en ik, denkt ze, niet in dit leven.

Ze was gekomen voor de promotieplechtigheid, maar wat Blanche werkelijk wil, waar ze haar voor heeft uitgenodigd, is haar het ziekenhuis laten zien. Dat weet ze, maar toch verzet ze zich. Ze wil dat niet. Ze heeft er de moed niet voor. Ze heeft het allemaal op televisie gezien, te vaak, en ze kan het niet meer aanzien: de ledematen als stokjes, de opgezwollen buiken, de grote onbewogen ogen van wegkwijnende kinderen, geen genezing, geen zorg die nog baat. Laat deze beker aan mij voorbijgaan! smeekt ze in stilte. Ik ben te oud om deze dingen aan te kunnen zien, te oud en te zwak. Ik kan er alleen maar om huilen.

Maar in dit geval kan ze niet weigeren, niet nu haar eigen zuster het vraagt. En uiteindelijk blijkt het niet al te erg te zijn, niet zo erg dat ze instort. Het verplegend personeel is kraakzindelijk, de apparatuur is nieuw – de vrucht van zuster Bridgets geldinzamelingsacties – en de atmosfeer is ontspannen, blij zelfs. Tussen het personeel op de zalen ziet ze vrouwen in inheemse kledij. Ze veronderstelt dat het moeders en grootmoeders zijn, totdat Blanche het uitlegt: het zijn genezeressen, zegt ze, traditionele genezeressen. Dan schiet het haar weer te binnen: Marianhill staat erom bekend, dit is de grote vernieuwing van Blanche, het ziekenhuis openstellen voor de mensen, inheemse dokters laten werken naast dokters die de westerse geneeskunde aanhangen.

En de kinderen? Misschien heeft Blanche de ergste gevallen uit het zicht gehouden, maar ze verbaast zich erover hoe vrolijk zelfs een stervend kind kan zijn. Het is zoals Blanche in haar boek zegt: met liefde en zorg en de juiste medicijnen kunnen deze onschuldigen vrij van angst helemaal tot aan de poort van de dood begeleid worden.

Blanche neemt haar ook mee naar de kapel. Bij binnenkomst in het pretentieloze gebouw van baksteen en ijzer wordt ze meteen getroffen door het houten kruisbeeld achter het altaar, dat een uitgemergelde Christus toont met een maskerachtig gezicht, gekroond met een krans van echte acaciadoorns, zijn handen en voeten doorboord, niet door nagels maar door stalen bouten. De figuur zelf is bijna levensgroot, het kruis reikt tot aan de kale dakspanten; de hele constructie domineert de kapel, overheerst haar.

De Christus is gemaakt door een plaatselijke houtsnijder, vertelt Blanche. Jaren geleden heeft de missiepost hem in huis genomen, hem van een atelier voorzien en hem een maandloon gegeven. Wil ze de man ontmoeten?

En zo is de oude man met zijn verkleurde tanden en zijn overall en zijn onzekere Engels, die aan haar simpelweg als Joseph is voorgesteld, ter wille van haar in een uithoek van de missiepost nu bezig de deur van een schuur te openen. Het gras voor de deur is hoog opgeschoten, ziet ze, lang geleden dat hier voor het laatst iemand is geweest.

Binnen moet ze de spinnenwebben wegvegen, Joseph tast naar het knopje, knipt het tevergeefs heen en weer. 'Lamp is stuk,' zegt hij, maar hij doet er niets aan. Alleen door de openstaande deur en door de kieren tussen het dak en de muren komt licht naar binnen. Het duurt een tijdje voordat haar ogen zich erop ingesteld hebben.

In het midden van de schuur staat een lange, provisorische tafel. Erop en ertegenaan een allegaartje van houtsculpturen. Tegen de muren, op pallets, staan langwerpige stukken hout, sommige nog met de bast eraan, en stoffige kartonnen dozen.

'Is mijn atelier,' zegt Joseph. 'Toen ik jong ben, ik werk hier hele dag. Maar nu ben ik te oud.'

Ze pakt een kruisbeeld, niet het grootste maar toch wel groot: een vijfenveertig centimeter lange Christus aan het kruis, in een zware, roodachtige houtsoort. 'Hoe noemt u dit hout?'

'Is karee. Kareehout.'

'En u hebt het gemaakt?' Ze houdt het kruisbeeld op armlengte. Net als in de kapel is hier het gezicht van de gemartelde een gestileerd, versimpeld masker in één vlak, de ogen zijn spleetjes, de mond is zwaar en hangt open. Het lichaam daarentegen is heel naturalistisch, gekopieerd, veronderstelt ze, van een Europees voorbeeld. De knieën zijn opgeheven, alsof de man probeert de pijn in zijn armen te verminderen door zijn gewicht te laten rusten op de nagel die zijn voeten doorboort.

'Ik maak elk Jezus. Het kruis, soms mijn assistent maakt het. Mijn assistenten.'

'En waar zijn uw assistenten nu? Werkt niemand van hen hier nog?'

'Nee, mijn assistenten allemaal weg. Te veel kruisen. Te veel kruisen te koop.'

Ze gluurt in een van de dozen. Miniatuurkruisbeelden, acht tot tien centimeter hoog, zoals haar zuster er een draagt, tientallen, allemaal met hetzelfde platte gezichtsmasker, dezelfde houding met de opgetrokken knieën.

'Maakt u niets anders? Dieren? Gezichten? Gewone mensen?'

Joseph trekt een gezicht. 'Dieren is alleen voor toeristen,' zegt hij minachtend.

'En u werkt niet voor toeristen. U maakt geen toeristenkunst.'

'Nee, geen toeristenkunst.'

'Waarom werkt u dan?'

'Voor Jezus,' zegt hij. 'Ja. Voor onze Verlosser.'

VI

'Ik heb Josephs verzameling gezien,' zegt ze. 'Een beetje obsessief, vind je niet? Alleen dat ene beeld, steeds maar weer.'

Blanche antwoordt niet. Ze zitten aan de lunch, een lunch die ze normaal gesproken karig zou noemen: plakjes tomaat, een paar verlepte slablaadjes, een gekookt ei. Maar ze heeft geen trek. Ze speelt met de sla; de geur van het ei maakt haar misselijk.

'Hoe werkt dat economisch?' vervolgt ze. 'Hoe zit het met de economie van de religieuze kunst tegenwoordig?'

'Joseph was vroeger in loondienst bij Marianhill. Dat loon kreeg hij voor zijn houtsnijwerk, en voor een paar losse klusjes. Sinds achttien maanden is hij met pensioen. Hij heeft gewrichtsontsteking in zijn handen. Dat moet je opgevallen zijn.'

'Maar wie koopt dat houtsnijwerk van hem?'

'We hebben twee verkooppunten in Durban. Andere missieposten nemen ze ook wel af, om door te verkopen. Het zijn naar westerse maatstaven misschien geen kunstwerken, maar ze zijn wel authentiek. Een paar jaar geleden heeft Joseph een opdracht gehad voor een kerk in Ixopo. Dat heeft hem een paar duizend rand opgeleverd. We krijgen nog steeds grote orders voor de kruisbeelden van klein formaat. Scholen, katholieke scholen kopen ze om ze als prijs uit te reiken.'

'Om ze als prijs uit te reiken. Je bent de beste van de klas bij catechismus, en dan krijg je een van Josephs kruisbeelden.'

'Zoiets, ja. Is dat verkeerd?'

'Niets. Toch heeft hij er te veel gemaakt, hè? Er moeten er honderden in die schuur liggen, allemaal hetzelfde. Waarom hebben jullie hem niet iets anders laten maken naast die kruisbeelden, die kruisigingen? Wat voor gevolgen heeft het voor iemands zíel – als ik het woord mag gebruiken – om zijn hele werkzame leven bezig te zijn met steeds maar weer een lijdende man in hout uit te snijden. Tenminste, als hij niet met andere klusjes bezig is.'

Blanche kijkt haar aan met een ijskoude glimlach. 'Een mán, Elizabeth?' zegt ze. 'Een lijdende mán?'

'Een man, een god, een man-god, maak daar nou geen punt van, Blanche. We zitten hier niet op een theologiecollege. Wat voor gevolgen heeft het voor een getalenteerde man wanneer hij zijn leven zo oncreatief besteedt als Joseph heeft gedaan? Zijn talenten zijn misschien beperkt, hij is misschien geen kunstenaar in de strikte zin van het woord, maar zou het toch niet wijzer zijn geweest hem aan te moedigen zijn horizon een beetje te verbreden?'

Blanche legt haar mes en vork neer. 'Goed, laten we eens kijken naar de kritiek die jij hebt, laten we het meteen scherp stellen. Joseph is geen kunstenaar, maar hij had er een kunnen worden als hij jaren geleden door ons – door mij – was gestimuleerd zijn terrein te verbreden door bij galeries of op zijn minst bij andere houtsnijders langs te gaan om te zien wat er zoal nog meer gedaan werd. Maar Joseph bleef een ambachtsman – of hij werd op dat niveau gehouden. Hij heeft hier op de missiepost geleefd in volstrekte anonimiteit, heeft keer op keer hetzelfde houtsnijwerk gemaakt, in verschillende grootten en van verschillende houtsoorten, totdat hij werd getroffen door gewrichtsontsteking en zijn werkzame leven voorbij was. Joseph werd er dus van weerhouden om, zoals jij het stelt, zijn horizon te verbreden. Er is hem een voller leven ontzegd, en wel in het bijzonder het leven van een kunstenaar. Heb ik jouw aanklacht zo goed verwoord?'

'Min of meer. Niet speciaal het leven van een kunstenaar, ik ben niet zo dom om dat aanbevelenswaardig te vinden, maar gewoon een voller leven.'

'Goed. Als dat jouw aanklacht is, dan zal ik je mijn reactie geven. Joseph heeft dertig jaar van zijn aardse bestaan eraan besteed voor de ogen van anderen, maar voornamelijk voor zijn eigen ogen, het lijden van onze Verlosser uit te beelden. Uur in uur uit, dag in dag uit, jaar in jaar uit heeft hij zich dat lijden voorgesteld en het uitgebeeld met een trouw die jezelf kunt constateren, zonder het te variëren, zonder er nieuwe modes in aan te brengen, zonder er iets van zijn eigen persoon in te leggen. Wie van ons, vraag ik je nu, zal Jezus met de grootste blijdschap in zijn rijk welkom heten: Joseph met zijn versleten handen, of jou, of mij?'

Ze houdt er niet van als haar zuster zo'n toon aanslaat en prekerig wordt. Het gebeurde tijdens de speech in Johannesburg, en het gebeurt nu weer. De meest intolerante kanten van het karakter van Blanche komen op die momenten naar boven: intolerant, stijfkoppig en intimiderend is ze.

'Ik denk dat Jezus' blijdschap nog groter zou zijn,' zegt ze zo droog als ze kan, 'als hij het idee had dat Joseph enige keuze had gehad. Dat Joseph niet tot vroomheid gedwongen was geweest.'

'Toe maar. Ga het Joseph maar vragen. Vraag hem of hij ergens toe gedwongen is geweest.' Blanche zwijgt even. 'Denk je dat Joseph niet meer dan een marionet is geweest in mijn handen, Elizabeth? Denk je dat Joseph geen weet heeft van de manier waarop hij zijn leven heeft doorgebracht? Ga met hem praten. Luister naar wat hij te zeggen heeft.'

'Dat zal ik doen. Maar ik heb nog een andere vraag, een die Joseph niet kan beantwoorden omdat het een vraag aan jou is. Waarom moet het beeld dat jij of, als jij het niet was, het instituut dat je representeert – waarom moet juist dit specifieke beeld dat jij Joseph voorhoudt en dat je hem laat kopiëren, iets zijn wat ik alleen maar barbaars kan noemen? Waarom liever een verkrampt stervende Christus dan een levende Christus? Een man in de bloei van zijn leven, begin dertig: wat heb je ertegen om hem levend te tonen, in de volle schoonheid van zijn leven? En nu ik toch bezig ben, wat heb je tegen de Grieken? De Grieken zouden nooit beelden en schilderijen hebben gemaakt van een man die de meest extreme kwellingen ondergaat, die misvormd is, afzichtelijk om te zien, om dan voor die beelden te knielen en ze te aanbidden. Als je je afvraagt waarom de humanisten, van wie jij vindt dat we op ze moeten neerzien, op zoek waren naar iets anders dan het christendom en de minachting die het christendom toont voor het menselijk lichaam en daardoor voor de mens zelf, dan zou jou toch een licht moeten opgaan. Jij zou toch moeten weten – dat kun je toch niet vergeten zijn – dat het voorstellen van Jezus in zijn lijden een specifieke eigenaardigheid is van de Kerk van het Westen. Dat was Constantinopel volkomen vreemd. De Kerk van het Oosten zou het als onfatsoenlijk hebben beschouwd, en terecht.

Eerlijk gezegd, Blanche, vind ik de hele kruisbeeldtraditie laaghartig, achterlijk, middeleeuws in zijn ergste betekenis – ongewassen monniken, ongeletterde priesters, bang gemaakte boeren. Wat ben je van plan, dat je de ellendigste fase van de Europese geschiedenis, de fase waarin alles stagneerde, in Afrika wilt herscheppen?'

'Holbein,' zegt Blanche. 'Grünewald. Als je op zoek bent naar de menselijke figuur in extremis, moet je bij hen zijn. De dode Jezus. Jezus in het graf.'

'Ik snap niet waar je heen wilt.'

'Holbein en Grünewald waren geen kunstenaars van de katholieke middeleeuwen. Ze hoorden bij de reformatie.'

'Ik heb geen ruzie met de katholieke kerk van het verleden, Blanche. Ik vraag wat jijzelf tegen schoonheid hebt. Waarom zouden mensen niet naar een kunstwerk mogen kijken en bij zichzelf denken: dat is waar onze soort toe in staat kan zijn, dat is waar ik toe in staat kan zijn, in plaats van ernaar te kijken en bij zichzelf te denken: mijn god, ik ga dood, de wormen zullen me opeten?'

'Vandaar de Grieken, wil je zeker zeggen. De Apollo van Belvedere. De Venus van Milo.'

'Ja, vandaar de Grieken. Vandaar mijn vraag: waar ben je mee bezig door in Afrika, in Zoeloeland nota bene, deze volkomen vreemde, barbaarse obsessie met de lelijkheid en de sterfelijkheid van het menselijk lichaam te willen importeren? Als je per se Europa in Afrika wilt importeren, is er dan niet meer voor te zeggen om de Grieken te importeren?'

'Denk jij, Elizabeth, dat de Grieken Zoeloeland volkomen vreemd zijn? Ik zeg het je nogmaals, als je niet naar mij wilt luisteren, wees dan in elk geval zo fatsoenlijk naar Joseph te luisteren. Denk je dat Joseph de lijdende Jezus in hout snijdt omdat hij niet beter weet, dat als jij Joseph in het Louvre zou rondleiden, hem de ogen geopend zouden worden en hij ten voordele van zijn volk zou beginnen met het uitbeelden van blote vrouwen die zichzelf mooi maken of mannen die hun spierballen laten zien? Weet je wel dat toen de Europeanen voor het eerst in contact kwamen met de Zoeloes, goedopgeleide Europeanen, mannen uit Engeland die op elitescholen hadden gezeten, dat zij toen dachten dat ze de Grieken herontdekt hadden? Dat hebben ze heel uitdrukkelijk zo gezegd. Ze pakten hun schetsboeken en maakten tekeningen waarin Zoeloekrijgers met hun speren, knuppels en schilden getoond worden in precies dezelfde houdingen, met precies dezelfde fysieke proporties als de Hectors en Achillesen die we in negentiende-eeuwse illustraties van de *Ilias* zien, alleen is hun huid wat donkerder. Fraai gevormde ledematen, schaarse kleding, een trotse houding, goede manieren, martiale deugden – het was er allemaal! Sparta in Afrika: dat dachten ze gevonden te hebben. Decennialang hebben diezelfde voormalige eliteschooljongens met hun romantische ideeën over de Griekse oudheid in naam van de Britse kroon over Zoeloeland geregeerd. Ze wilden van Zoeloeland echt Sparta maken. Ze wilden van de Zoeloes echt Grieken maken. Dus voor Joseph en zijn vader en grootvader zijn de Grieken helemaal geen vreemde stam. Zij hebben de Grieken door hun nieuwe heersers aangeboden gekregen als model van het soort mensen dat zij zouden moeten zijn en ook konden zijn. Ze hebben de Grieken aangeboden gekregen en ze hebben hen afgewezen. Ze zijn elders in het gebied van de Middellandse Zee op zoek gegaan. Ze hebben ervoor gekozen christenen te zijn, volgelingen van de levende Christus. Joseph heeft Jezus gekózen als zijn model. Ga met hem praten. Hij zal het je vertellen.'

'Dat is een zijpad van de geschiedenis waarmee ik niet vertrouwd ben, Blanche – Britten en Zoeloes. Daar kan ik niet met je over discussiëren.'

'Niet alleen in Zoeloeland is het gebeurd. Het is ook gebeurd in Australië. Het is gebeurd in de hele gekoloniseerde wereld, alleen niet zo modelmatig. Die jonge kerels die van Oxford en Cambridge en St. Cyr kwamen, hebben hun nieuwe barbaarse onderdanen een vals ideaal aangeboden. "Doe jullie afgoden weg," zeiden ze. "Jullie kunnen zijn als goden. Kijk naar de Grieken," zeiden ze. En inderdaad, wie kan goden van mensen onderscheiden in Griekenland, het romantische Griekenland van die jongemannen, erfgenamen van de humanisten? "Kom naar onze scholen," zeiden ze, "dan zullen wij jullie leren hoe. We zullen van jullie discipelen maken van de rede en van de wetenschappen die voortvloeien uit de rede; we zullen van jullie heersers over de natuur maken. Door ons zullen jullie ziekte en alle vergankelijkheid van het vlees overwinnen. Jullie zullen eeuwig leven." Nou, de Zoeloes wisten wel beter.'

Ze gebaart met haar hand naar het raam, naar de ziekenhuispaviljoens die liggen te blakeren in de zon, naar de ongeplaveide weg die zich in de kale heuvels omhoogslingert. 'Dit is de werkelijkheid: de werkelijkheid van Zoeloeland, de werkelijkheid van Afrika. Het is de werkelijkheid van het heden en de werkelijkheid van de toekomst voorzover wij kunnen zien. Daarom komen Afrikanen naar de kerk om te knielen voor Jezus aan het kruis, Afrikaanse vrouwen vooral, die de werkelijkheid het rauwst op hun dak krijgen. Omdat zij lijden en Hij met hen meelijdt.'

'Niet omdat hij hun een ander en beter leven belooft na de dood?'

Blanche schudt haar hoofd. 'Nee. De mensen die naar Marianhill komen beloof ik niets, behalve dat wij hen zullen helpen hun kruis te dragen.'

VII

Zondagochtend half negen, maar de zon zindert al. Om twaalf uur zal de chauffeur komen om haar naar Durban te brengen voor de vlucht naar huis.

Twee meisjes met bonte jurken rennen blootsvoets naar het klokkentouw en beginnen eraan te trekken. De klok boven aan de paal jengelt onregelmatig.

'Kom je ook?' vraagt Blanche.

'Ja, ik zal er zijn. Moet ik mijn hoofd bedekken?'

'Kom zoals je bent. Er gelden hier geen formaliteiten. Ik moet je alleen wel waarschuwen: we hebben een televisieploeg op bezoek.'

'Televisie?'

'Uit Zweden. Ze maken een film over aids in Kwazoeloe.'

'En de priester? Hebben ze tegen de priester gezegd dat de dienst gefilmd zal worden? Wie is de priester trouwens?'

'De eerwaarde Msimungu van Dalehill zal de mis opdragen. Hij heeft geen bezwaar.'

De eerwaarde Msimungu blijkt, als hij arriveert in een nog heel nette Golf, jong, slungelachtig en bebrild. Hij verdwijnt naar de missiepost om zich in zijn priestergewaad te hullen; zij voegt zich bij Blanche en het halve dozijn zusters van de orde vóór in de kerk. De televisielampen staan al opgesteld en zijn op hen gericht. In het wrede, felle licht ervan kan het haar niet ontgaan hoe oud ze er allemaal uitzien. De zusters van Maria: een uitstervend ras, een uitgewerkte roeping.

Onder het metalen dak van de kapel heerst al een verstikkende hitte. Ze snapt niet hoe Blanche het in haar zware kledij uithoudt.

De mis waarin Msimungu voorgaat is in het Zoeloe, al kan ze af en toe een woord Engels herkennen. Het begin is heel rustig, maar tegen het tijdstip van de eerste collecte weerklinkt al gezoem onder het kerkvolk. Als hij van wal steekt met zijn preek, moet Msimungu zijn stem verheffen om zich verstaanbaar te maken. De stem is een bariton, verrassend bij zo'n jonge man. Hij lijkt moeiteloos van diep uit zijn borst te klinken.

Msimungu knielt voor het altaar. Er valt een stilte. Boven hem tekent zich het gekroonde hoofd van de gekwelde Christus af. Dan houdt hij de hostie op. Uit de gelovigen stijgen vreugdevolle kreten op. Een ritmisch stampen dat de houten vloer doet trillen neemt een aanvang.

Ze voelt zichzelf heen en weer slingeren. Er hangt een verstikkende zweetlucht. Ze omklemt Blanches arm. 'Ik moet naar buiten!' fluistert ze. Blanche kijkt haar vorsend aan. 'Nog even,' fluistert ze terug en ze wendt zich af.

Ze haalt diep adem, probeert helder in haar hoofd te worden, maar het helpt niet. Een koude golf lijkt vanuit haar tenen naar boven te kruipen. Hij bereikt haar gezicht, de kou doet haar hoofdhuid prikkelen, en weg is ze.

Plat op haar rug liggend komt ze bij in een kale kamer die ze niet herkent. Blanche is er en kijkt op haar neer, en een jonge vrouw in een wit uniform. 'Het spijt me heel erg,' mompelt ze, terwijl ze moeite doet om rechtop te gaan zitten. 'Ben ik flauwgevallen?'

De jonge vrouw legt geruststellend haar hand op haar schouder. 'Niks aan de hand,' zegt ze. 'Maar u moet rusten.'

Ze slaat haar ogen op naar Blanche. 'Het spijt me heel erg,' zegt ze nog een keer. 'Te veel continenten.'

Blanche kijkt haar bevreemd aan.

'Te veel continenten,' herhaalt ze. 'Te veel last op onze schouders.' Haar stem klinkt haar afgeknepen in de oren, ver weg. 'Ik heb de laatste tijd niet goed gegeten,' zegt ze. 'Daar zal het aan liggen.'

Maar ligt het daaraan? Is twee dagen last hebben van je maag voldoende om flauw te vallen? Blanche zal het wel weten. Blanche moet ervaring hebben met vasten, met flauwvallen. Als ze het bij zichzelf nagaat, denkt ze dat haar ongesteldheid niet alleen van lichamelijke aard is. Als ze goed gedisponeerd was geweest, zou ze deze ervaringen op een onbekend continent misschien plezierig hebben gevonden, zou ze er iets van gemaakt hebben. Maar ze is niet goed gedisponeerd. Dat laat haar lichaam haar weten, op zijn manier. Het is allemaal te vreemd en te veel, klaagt haar lichaam: ik wil terug naar mijn oude omgeving, naar een leven dat me vertrouwd is.

Ontwenning, dat is het. Flauwvallen, een ontwenningsverschijnsel. Het doet haar aan iemand denken. Aan wie? Aan dat bleke Engelse meisje in *A Passage to India*, het meisje dat niet tegen de hitte kan, dat in paniek raakt en iedereen beschaamt. Dat er niet meer tegen kan.

VIII

De chauffeur staat te wachten. Ze is bepakt en bezakt, voelt zich nog een beetje pips, een beetje wankel op de benen. 'Nou, dag,' zegt ze tegen Blanche. 'Dag, zuster Blanche. Ik snap wat je bedoelde. Er gaat niets boven

St. Patrick's op een zondagmorgen. Ik hoop dat ze het niet op film hebben staan dat ik onderuitging.'

Blanche glimlacht. 'Als ze dat wel hebben, zal ik ze vragen het eruit te snijden.' Er valt een stilte tussen hen. Ze denkt: misschien gaat ze nu zeggen waarom ze me hiernaartoe heeft gehaald.

'Elizabeth,' zegt Blanche (klinkt er iets nieuws in haar stem mee, iets zachters, of fantaseert ze dat maar?) 'denk eraan dat het hun evangelie is, hun Christus. Het gaat om wat zij van hem hebben gemaakt, zij, de gewone mensen. Wat zij van hem hebben gemaakt en wat hij hun heeft toegestaan van hem te maken. Uit liefde. En niet alleen in Afrika. Dit soort taferelen zie je ook in Brazilië, in de Filippijnen, zelfs in Rusland. Gewone mensen willen geen Grieken. Ze willen het rijk van de pure vormen niet. Ze willen geen marmeren standbeelden. Ze willen iemand die lijdt zoals zij. Met hen en vóór hen.'

Jezus. De Grieken. Het is niet wat ze verwachtte, niet wat ze wilde, zo op de valreep, nu ze misschien voor het laatst afscheid van elkaar nemen. Blanche heeft iets onverbiddelijks. Tot de dood erop volgt. Ze zou iets geleerd moeten hebben. Zusters laten elkaar nooit los. Mannen zijn anders, die laten maar al te gemakkelijk los. Tot het einde toe omhelst Blanche haar.

'Gij hebt overwonnen, o bleke Galileër,' zegt ze, zonder te proberen de verbittering in haar stem te verbergen. 'Is dat wat je me wilt horen zeggen, Blanche?'

'Min of meer. Je hebt op een verliezer gewed, beste meid. Als je op een andere Griek had ingezet, had je misschien nog een kans gehad. Orfeus in plaats van Apollo. Het extatische in plaats van het rationele. Iemand die van vorm verandert, van kleur verandert, al naargelang zijn omgeving. Iemand die kan sterven, maar die daarna kan terugkeren. Een kameleon. Een feniks. Iemand die vrouwen aanspreekt. Want het zijn de vrouwen die het meest elementair leven. Iemand die zich onder de mensen begeeft, die ze aan kunnen raken – in wiens zijde ze hun hand kunnen leggen, de wond voelen, het bloed ruiken. Maar dat heb je niet gedaan, en je hebt verloren. Je bent achter de verkeerde Grieken aangelopen, Elizabeth.'

IX

Er is een maand verstreken. Ze is thuis, heeft de draad van haar leven weer opgevat, het Afrikaanse avontuur ligt achter haar. Ze weet nog steeds niet wat ze van het weerzien met Blanche moet denken, maar kan de herinnering aan hun onzusterlijke afscheid toch niet uit haar hoofd zetten.

'Ik moet je een verhaal vertellen,' schrijft ze, 'over moeder.' Ze schrijft aan zichzelf, dat wil zeggen, aan degene die zich bij haar in de kamer bevindt als ze er in haar eentje is; maar de woorden zullen niet komen, weet ze, tenzij ze dit schrijven beschouwt als een brief aan Blanche. 'In het eerste jaar dat ze in Oakgrove woonde, is moeder bevriend geraakt met een man die Phillips heette, ook een van de bewoners daar. Ik heb het weleens met je over hem gehad, maar je herinnert je het waarschijnlijk niet meer. Hij had een auto; ze gingen samen uit, naar het theater, naar concerten; ze vormden een stel, op een beschaafde manier wel te verstaan. Moeder heeft hem van het begin tot het einde "meneer Phillips" genoemd, en ik heb dat opgevat als een aanwijzing dat ik me er niet te veel van moest voorstellen. Toen liet zijn gezondheid meneer Phillips in de steek, en dat betekende het einde van hun uitstapjes.

Toen ik hem pas kende, was meneer P., met zijn pijp, zijn blazer, zijn das en zijn David Niven-snorretje nog een krasse oude baas. Hij was advocaat geweest, een zeer geslaagde advocaat. Hij zag er altijd verzorgd uit, had hobby's, las boeken; hij had nog pit, zoals moeder het zei.

Een van zijn hobby's was aquarelleren. Ik heb wel werk van hem gezien. Zijn menselijke figuren waren houterig, maar hij had gevoel voor landschappen, voor de bush, dat was echt, vond ik. Gevoel voor licht en voor wat afstand doet met het licht.

Hij heeft een schilderij gemaakt van moeder in haar blauwe mousselinen pakje, met een zijden sjaal die achter haar aan wappert. Als portret niet bijster geslaagd, maar ik heb het bewaard, ik heb het nog ergens.

Ik heb ook voor hem geposeerd. Dat was nadat hij was geopereerd en hij zijn flat niet meer uit kon, of er althans niet uit wilde komen. Voor hem poseren was moeders idee. "Kijk of je hem een beetje afleiding kunt bezorgen," zei ze. "Mij lukt het niet. Hij zit de hele dag in zijn eentje te piekeren."

Meneer Phillips had zich zo teruggetrokken omdat bij de operatie die bij hem was uitgevoerd zijn strottenhoofd was verwijderd. Hij had toen alleen nog een gaatje om door te praten, met behulp van een prothese. Maar hij schaamde zich voor het onooglijke, rauw uitziende gat in zijn keel, en daarom wilde hij zich niet meer in het openbaar vertonen. Het spreken lukte hem in elk geval niet, althans niet verstaanbaar – hij heeft nooit moeite gedaan om goed adem te leren halen. Hij kon hooguit wat gekras voortbrengen. Het moet erg vernederend zijn geweest voor een vrouwenliefhebber zoals hij.

Hij en ik communiceerden er via briefjes met elkaar over, en het eindresultaat was dat ik op een aantal zaterdagmiddagen voor hem heb geposeerd. Zijn hand was inmiddels een beetje trillerig, langer dan een uur achter elkaar hield hij het niet vol, de kanker speelde hem op meer dan één manier parten.

Hij had een van de mooiste flats van Oakgrove, op de begane grond, met openslaande deuren naar de tuin. Voor mijn portret heb ik bij de tuindeuren geposeerd in een gebeeldhouwde stoel met een rechte rug, met een omslagdoek die ik in Jakarta op de kop had getikt, met de hand bedrukt in oker en kastanjebruin. Ik geloof niet dat die me bijzonder goed stond, maar ik dacht dat hij als schilder de kleuren wel zou waarderen, dat hij er een beetje mee zou kunnen spelen.

Op een zaterdag – geduld, ik kom zo meteen terzake – een heerlijke, warme dag, de duiven zaten in de bomen tevreden te koeren, legde hij zijn kwast neer, schudde zijn hoofd en zei met zijn krassende stem iets wat ik niet verstond. "Ik verstond je niet, Aidan," zei ik. "Gaat niet," herhaalde hij. En toen schreef hij iets op zijn blocnote en bracht dat naar me toe. "Wou dat ik je naakt kon schilderen," had hij opgeschreven. En vervolgens, daaronder: "Had ik fijn gevonden."

Het moet hem moeite hebben gekost daarmee voor de dag te komen. "Had gevonden," voltooid verleden tijd, irrealis. Maar wat bedoelde hij precies? Mogelijk bedoelde hij: "Ik zou het fijn hebben gevonden je te schilderen toen je nog jong was," maar dat denk ik niet. "Ik zou het fijn hebben gevonden je te schilderen toen ik nog een man was," dat is het meer. Toen hij me die woorden toonde, zag ik zijn onderlip trillen. Ik weet dat je bij oude mensen niet te veel waarde moet hechten aan trillende onderlippen en tranende ogen, maar toch...

Ik glimlachte, probeerde hem op zijn gemak te stellen en nam mijn pose weer in, hij ging terug naar zijn ezel, en alles was weer als tevoren, alleen zag ik dat hij niet meer schilderde, het enige wat hij deed was daar staan met de droger wordende kwast in zijn hand. Toen dacht ik – nu kom ik eindelijk ter zake – ik dacht, wat kan het me schelen, ik maakte de omslagdoek los, schudde hem van me af, deed mijn bustehouder af, hing die over de rug van de stoel en zei: "Wat dacht je hiervan, Aidan?"

Ik schilder met mijn roede – was het niet Renoir die dat zei, de Renoir van gevulde dames met een crèmekleurige huid? Avec ma verge, vrouwelijk zelfstandig naamwoord. Nou, dacht ik bij mezelf, laten we eens kijken of we de verge van meneer Phillips uit zijn diepe slaap kunnen wekken. En ik toonde hem mijn profiel weer, terwijl in de bomen de duiven nog steeds deden alsof er niets gebeurde.

Of het werkte, of de aanblik van mijn half ontblote lichaam iets in hem wakker riep, kan ik niet zeggen. Wel voelde ik het volle gewicht van zijn blik op mij, op mijn borsten, en eerlijk gezegd, dat voelde goed. Ik was veertig toen, ik had twee kinderen gebaard, het waren niet de borsten van een jonge vrouw, maar het was toch iets goeds, dat vond ik toen en dat vind ik nog steeds, op die plek waar teloorgang en dood heersten. Een zegen.

Toen, na een tijdje, terwijl de schaduwen in de tuin langer werden en het koud begon te worden, bedekte ik mezelf weer. "Tot ziens, Aidan, het ga je goed," zei ik, en hij schreef "Dank je wel" op zijn blocnote en toonde me dat, en dat was het dan. Ik geloof niet dat hij verwachtte dat ik de volgende zaterdag terug zou komen, en ik ben niet gegaan. Of hij het schilderij in zijn eentje heeft afgemaakt, weet ik niet. Misschien heeft hij het weggegooid. Hij heeft het in elk geval niet aan moeder laten zien.

Waarom vertel ik je dit verhaal, Blanche? Omdat ik het verbind met het gesprek dat jij en ik op Marianhill hadden over de Zoeloes en de Grieken en het wezen van de humaniora. Ik ben nog niet klaar met ons verschil van mening, ik wil de slag nog niet gewonnen geven.

Over het voorval dat ik nu voor je beschrijf, wat er gebeurde in de huiskamer van meneer Phillips, op zichzelf zo onbetekenend, heb ik me jarenlang het hoofd gebroken, en pas nu, nu ik terug ben uit Afrika, heb ik het gevoel dat ik het kan verklaren.

Natuurlijk zat er een element van triomf in mijn gedrag, iets van opschepperij, en daar ben ik niet trots op: de potente vrouw die de aan verval ten prooi zijnde man plaagt, die hem haar lichaam toont en hem toch op afstand houdt. Hem een beetje opgeilen – kun je het je nog herinneren van vroeger, een man opgeilen?

Maar er valt meer over te zeggen. Het was helemaal niks voor mij. Hoe was ik op het idee gekomen, vroeg ik me steeds af. Waar had ik die pose geleerd, rustig in de verte staren, terwijl ik met mijn kleren als een wolk om mijn middel mijn goddelijke lichaam tentoonstel? Van de Grieken, besef ik nu, Blanche, van de Grieken en van wat generaties renaissanceschilders van de Grieken gemaakt hadden. Zoals ik daar zat, was ik niet mezelf, of niet alleen mezelf. In mij manifesteerde zich een godin, Afrodite of Hera of misschien zelfs Artemis. Ik hoorde bij de onsterfelijken.

En dat was nog niet alles. Daarnet gebruikte ik het woord "zegen." Waarom? Omdat wat er zich afspeelde te maken had met mijn borsten, dat wist ik zeker, met borsten en moedermelk. Wat ze ook deden, die antieke Griekse godinnen scheidden niets af, terwijl ik daar in de kamer van meneer Phillips in figuurlijke zin zat af te scheiden, ik voelde het, en ik durf te wedden dat hij het ook voelde, nog lang nadat ik vertrokken was.

Bij de Grieken is er geen secretie, geen afscheiding. Afscheiden, dat doet Maria van Nazareth. Niet de verlegen maagd van de Annunciatie, maar de moeder die we zien bij Correggio, die haar tepel met haar vingertoppen voorzichtig opheft zodat haar baby kan drinken; die zich, beschermd door haar deugdzaamheid, onverschrokken ontbloot onder de blik van de schilder, en daarmee ook onder onze blik.

Stel je de scène die dag in Correggio's studio voor, Blanche. Met zijn kwast wijst de man: "Optillen, zo. Nee, niet met de hand, met twee vingers maar." Hij loopt het vertrek door, laat haar zien hoe. "Zo." En de vrouw gehoorzaamt, doet met haar lichaam wat hij gebiedt. Ondertussen kijken allerlei andere mannen vanuit het halfdonker toe: leerlingen, collega-schilders, bezoekers.

Wie weet wie zij was, zijn model die dag: een vrouw van de straat? De vrouw van een opdrachtgever? De atmosfeer in de studio geladen, maar waarmee? Seksuele energie? Zijn de roeden, de verges, van al die mannen geheven? Ongetwijfeld. Toch is er ook iets anders. Aanbidding. De kwast stopt even, terwijl ze het mysterie aanbidden dat hun geopenbaard wordt: vanuit het lichaam van de vrouw vloeit het leven als een stroom.

Is er in Zoeloeland iets wat op zo'n moment lijkt,

Blanche? Ik betwijfel het. Niet zo'n bedwelmende mengeling van het extatische en het esthetische. Dat gebeurt maar één enkele keer in de geschiedenis van de mensheid, in het Italië van de renaissance, als onheuglijke christelijke beelden en rituelen worden overspoeld door de humanistische droom van het antieke Griekenland.

In al ons gepraat over humanisme en de humaniora zijn we steeds één woord uit de weg gegaan: humaniteit. Als Maria, de gezegende onder de vrouwen, haar afstandelijke, engelachtige glimlach toont en haar zoete, roze tepel met haar vingertoppen beroert, als ik, haar navolgend, mijn borsten ontbloot voor de oude meneer Phillips, dan verrichten wij daden van menselijkheid. Dat kunnen dieren niet doen, die kunnen zich niet ontbloten omdat ze zichzelf niet kunnen bedekken. Niets dwingt ons ertoe het te doen, Maria of mij. Maar vanuit de overvloed, vanuit onze overstromende mensenharten, doen we het toch; we laten onze bovenkleding zakken, ontbloten onszelf, onthullen het leven en de schoonheid waarmee we gezegend zijn.

Schoonheid. Met die overvloed aan onbedekte lichamen om naar te kijken, daar in Zoeloeland, zul je toch moeten toegeven, Blanche, dat er menselijk gesproken werkelijk geen grotere schoonheid bestaat dan de borsten van een vrouw. Menselijk gesproken is er geen grotere schoonheid, geen mysterieuzere zeggingskracht, en dat is de reden waarom mannen die vreemde, ronde vetkwabben steeds weer willen liefkozen, met een verfkwast of een beitel of met de hand, en niets is menselijk gesproken zo vertederend als onze medeplichtigheid (ik bedoel de medeplichtigheid van vrouwen) met hun obsessie.

De humaniora leren ons menselijkheid. Na de eeuwenlange christelijke nacht hebben de humaniora ons schoonheid teruggegeven, onze menselijke schoonheid. Dat was wat je vergeten hebt te zeggen. Dat is wat de Grieken ons leren, Blanche, de goede Grieken. Denk daar eens over na.

Je zuster Elizabeth'

Dat schrijft ze. Wat ze niet schrijft, wat ze helemaal niet van plan is te schrijven, is hoe het verhaal verdergaat, het verhaal van meneer Phillips en hun zaterdagmiddagsessies in het bejaardenhuis.

Want het verhaal eindigt niet zoals ze zei, met dat ze zich bedekt, dat meneer Phillips zijn bedankbriefje schrijft en dat zij zijn flat verlaat. Nee, het verhaal krijgt een maand later een vervolg, als haar moeder haar vertelt dat meneer Phillips naar het ziekenhuis is geweest voor nog een bestraling en dat hij er bij terugkomst slecht aan toe was, heel depressief, vertwijfeld. Waarom gaat ze niet even bij hem langs om te proberen hem op te vrolijken?

Ze klopt aan zijn deur, wacht een ogenblik, gaat naar binnen.

De tekenen zijn niet mis te verstaan. Geen krasse oude baas meer, gewoon een oude vent, een oude zak met botten, klaar om afgevoerd te worden. Plat op zijn rug met zijn armen gespreid, zijn handen slap, handen die in een maand tijd zo blauw en knobbelig zijn geworden dat je je afvraagt of ze ooit wel in staat zijn geweest een kwast vast te houden. Hij slaapt niet, hij ligt daar maar te wachten. Te luisteren ook, ongetwijfeld, naar de geluiden vanbinnen, de geluiden van de pijn. Laten we die niet vergeten, Blanche, denkt ze bij zichzelf, laten we vooral de pijn niet vergeten. De verschrikkingen van de dood zijn niet genoeg; daarbovenop komt nog de pijn, crescendo. Is er iets te bedenken dat bij wijze van afsluiting van ons verblijf in deze wereld vernuftiger, duivelser en gemener zou kunnen zijn?

Ze gaat aan de rand van het bed van de oude man staan, ze pakt zijn hand. Hoewel het niet plezierig is haar handen om die koude, blauwe hand te vouwen, doet ze het toch. Niets van wat ze nu doet, is plezierig. Ze houdt de hand vast, knijpt erin, zegt met haar alleraardigste stem 'Aidan' en kijkt hoe de tranen opwellen, de 'oudemensentranen', die niet zoveel voorstellen omdat ze te gemakkelijk vloeien. Voor haar valt er niets meer te zeggen, en voor hem, door het gat in zijn keel, nu netjes bedekt met een dot verbandgaas, zeker niet. Ze blijft over zijn hand strijken totdat zuster Naidoo binnenkomt met de theekar en de pillen; dan helpt ze hem rechtop te gaan zitten en te drinken (uit een beker met een tuit, als een kind van twee, de vernederingen kennen geen einde).

De volgende zaterdag gaat ze weer bij hem op bezoek, en de daaropvolgende ook; het wordt een nieuwe vaste gewoonte. Ze houdt zijn hand vast en probeert hem te bemoedigen, terwijl ze de fasen in zijn achteruitgang koel registreert. Het bezoek vindt plaats met een minimum aan woorden. Maar er is één zaterdag waarop hij, wat kwieker dan gewoonlijk, een beetje krasser, de blocnote naar haar toeschuift en zij de boodschap leest die hij van tevoren heeft neergekrabbeld: 'Een prachtige boezem heb je. Ik zal het nooit vergeten. Dank je voor alles, lieve Elizabeth.'

Ze geeft hem de blocnote terug. Wat valt er te zeggen? Neem afscheid van wat gij hebt bemind.

Met rauwe, knokige kracht scheurt hij het blaadje

van de blocnote, verfrommelt het, gooit het in de prullenbak en legt zijn vinger op zijn lippen, alsof hij wil zeggen: 'Ons geheim.'

Wat kan het schelen, denkt ze voor de tweede keer bij zichzelf. Ze loopt naar de deur en draait hem op slot. In de kleine alkoof waar zijn kleren hangen ontdoet ze zich van haar jurk, haar bustehouder. Dan loopt ze terug naar het bed, gaat aan de kant zitten waar hij een goed oog op haar heeft en neemt weer de houding aan als op het schilderij. Een pleziertje, denkt ze, laten we de oude man een pleziertje gunnen, hem een fijne zaterdag bezorgen.

Er zijn ook andere dingen die ze denkt, terwijl ze op meneer Phillips' bed zit in de koelte van de namiddag (het is nu geen zomer meer, maar herfst, laat in de herfst), zo'n koelte dat ze na een tijdje zelfs een beetje gaat bibberen. Twee volwassen mensen, denkt ze onder andere. Wat twee volwassen mensen in afzondering met elkaar doen, daar heeft niemand anders iets mee te maken.

Dat zou een ander goed moment zijn om het verhaal te beëindigen. Wat ook de ware aard is van dit zogenaamde pleziertje, herhaald hoeft het niet te worden. Volgende week zaterdag, als hij nog in leven is, als zij nog in leven is, zal ze weer langskomen om zijn hand vast te houden; maar dit moet de laatste keer zijn dat ze poseert, de laatste keer dat ze haar boezem presenteert, de laatste zegen. Hierna moeten de borsten weggestopt worden, misschien voorgoed weggestopt. Het zou dus hier kunnen eindigen, met deze pose van zeker twintig minuten, schat ze, ondanks het bibberen. Als verhaal, als relaas, zou het hier kunnen eindigen en toch nog netjes genoeg zijn om in een envelop gestopt en aan Blanche toegestuurd te worden zonder dat ze ermee zou ondermijnen wat ze wilde zeggen over de Grieken.

Maar in feite gaat het nog even door, vijf of tien minuten nog, en dit is het gedeelte dat ze niet aan Blanche kan vertellen. Het gaat nog zo lang door dat zij, de vrouw, tijd heeft om haar hand terloops op het dekbed te leggen en heel voorzichtig over de plek te wrijven waar het geslachtsorgaan, als het geslachtsorgaan levendig en vief was, zich zou moeten bevinden, en om vervolgens, als er geen reactie volgt, het dek opzij te slaan en het koord los te maken van meneer Phillips' pyjama, een oudemannenpyjama zoals ze in jaren niet heeft gezien – ze had niet gedacht dat die nog in de handel waren – die van voren open te maken, een kus te drukken op het volkomen slappe dingetje, het in haar mond te nemen en eraan te zuigen totdat het langzaam enigszins tot leven komt.

Het is de eerste keer dat ze schaamhaar ziet dat grijs geworden is. Stom van haar dat ze zich niet had gerealiseerd dat dit gebeurt. Het zal haar ook overkomen, te zijner tijd. Ook de geur is niet aangenaam, de geur van het onderlijf van een oude man, slechts vluchtig gewassen.

Niet echt ideaal, denkt ze, terwijl ze zich terugtrekt, de oude meneer Phillips weer toedekt, naar hem lacht en hem over zijn hand streelt. Ideaal zou het zijn als je een jonge schoonheid naar hem toe kon sturen om het bij hem te doen, een *fille de joie* met de volle, jonge borsten waar oude mannen van dromen. Haar geweten zou er geen bezwaar tegen hebben voor het bezoek te betalen. Een verjaardagscadeautje zou ze het kunnen noemen als het meisje een verklaring zou willen, als 'afscheidscadeautje' een te beklemmende omschrijving zou zijn. Maar ja, als je eenmaal een zekere leeftijd gepasseerd bent, is niets echt ideaal; daar moet meneer Phillips maar vast aan wennen. Alleen de goden zijn eeuwig jong, de onmenselijke goden. De goden en de Grieken.

En voor wat zij, Elizabeth, doet, met bungelende borsten gebogen over de oude zak met botten aan de gang gaan met zijn bijna uitgebluste voortplantingsorgaan, welk woord zouden de Grieken daarvoor hebben? Zeker niet eros – daarvoor is het te grotesk. *Agape*? Ook dat misschien niet. Betekent het dat de Grieken er geen woord voor hebben? Zou je moeten wachten tot de christenen opduiken met het juiste woord: caritas?

Want uiteindelijk is ze ervan overtuigd dat het dat is. Uit het opzwellen van haar hart weet ze het, uit het volslagen, niet te bevatten verschil tussen wat zich in haar hart afspeelt en wat zuster Naidoo zou zien als zij per ongeluk met behulp van haar loper de deur zou opengooien en binnen komen lopen.

Maar dat is niet wat haar het meeste bezighoudt – wat zuster Naidoo ervan zou denken, wat de Grieken ervan zouden denken, wat haar moeder op de verdieping erboven ervan zou denken. Wat haar het meeste bezighoudt, is wat ze er zelf van zal denken, in de auto op weg naar huis, of wanneer ze morgenochtend wakker wordt, of over een jaar. Wat kun je denken van gebeurtenissen als deze, die je niet verwachtte, die je overkomen, die niet bij je passen? Zijn het niet meer dan gaten, gaten in het hart, waar je instapt en dan valt en blijft vallen?

Blanche, lieve Blanche, denkt ze, waarom bestaat er zo'n barrière tussen ons? Waarom kunnen we elkaar niet ronduit de waarheid zeggen, zoals dat hoort bij mensen die op het punt staan heen te gaan? Moeder is weg; de oude meneer Phillips is tot as vergaan en in de wind verstrooid; van de wereld waarin wij zijn opgegroeid, zijn alleen jij en ik nog over. Zuster van mijn jeugd, sterf niet op vreemd terrein, laat mij niet achter zonder antwoord!

VIER

Het probleem van het kwaad

Ze is uitgenodigd om te spreken tijdens een conferentie in Amsterdam, een conferentie over het eeuwenoude probleem van het kwaad: waarom er kwaad op de wereld bestaat, of er iets aan gedaan kan worden en zo ja, wat.

Ze denkt dat ze wel doorheeft waarom de organisatoren haar hebben uitgekozen: vanwege een lezing die ze vorig jaar op een universiteit in de Verenigde Staten heeft gegeven, een lezing waarover ze werd aangevallen in de kolommen van *Commentary* (het kleineren van de holocaust, luidde de aanklacht) en die werd verdedigd door mensen wier steun haar over het algemeen in verlegenheid brengt: verkapte antisemieten en sentimentele dierenbeschermers.

Ze had bij die gelegenheid gewezen op wat ze als het tot slaaf maken van hele dierpopulaties beschouwde, en nog steeds beschouwt. Een slaaf: een wezen waarvan het lot in handen van een ander ligt. Wat zijn koeien, schapen, kippen anders? De dodenkampen waren nooit bedacht als er niet het voorbeeld van de vleesverwerkende industrie zou zijn geweest.

Dat en meer had ze gezegd: het had haar vanzelfsprekend geleken, nauwelijks iets om lang bij stil te staan. Maar ze was een stap verder gegaan, een stap te ver. Het afslachten van de weerlozen wordt overal om ons heen herhaald, dag in, dag uit, had ze gezegd, een slachtpartij die in omvang of gruwelijkheid of morele draagwijdte niet onderdoet voor wat wij dé holocaust noemen; toch sluiten we daar liever onze ogen voor.

Morele draagwijdte: dat was tegen het zere been. Er was geprotesteerd door studenten van het Hillel Centre. Altona College moest zich als instelling distantiëren van haar uitspraken, eisten ze. De universiteit moest zelfs nog verder gaan en zich verontschuldigen voor het feit dat haar een platform was geboden.

Thuis hadden de kranten het verhaal verheugd overgenomen. De *Age* deed verslag onder de kop 'Bekroonde romanschrijfster beschuldigd van anti-semitisme' en drukte de gewraakte passages uit haar lezing af, wemelend van de interpunctiefouten. De telefoon begon voortdurend te gaan: voor het merendeel journalisten, maar ook onbekenden, onder wie een anonieme vrouw die 'Vuile fascist!' in de hoorn had geschreeuwd. Daarna nam ze niet meer op. Nu was zij het ineens die terechtstond.

Het was een complicatie die ze had kunnen voorzien en had moeten vermijden. Waarom staat ze dan nu weer achter het spreekgestoelte? Als ze verstandig was, zou ze uit de schijnwerpers blijven. Ze is oud, ze voelt zich altijd moe, ze is haar vroegere gretigheid om te discussiëren kwijt, en bovendien, hoe groot is de kans dat het probleem van het kwaad, als 'probleem' het juiste woord is voor het kwaad, groot genoeg om het te bevatten, zal worden opgelost door er nog meer over te praten?

Maar op het moment dat de uitnodiging kwam, was ze in de boosaardige ban van een roman die ze aan het lezen was. Die ging over slechtheid van de ergste soort en had haar in een stemming van diepe neerslachtigheid gebracht. 'Waarom doe je me dit aan?' wilde ze tijdens het lezen uitroepen, tegen God weet wie. Diezelfde dag kwam de uitnodigingsbrief. Wilde Elizabeth Costello, de hooggewaardeerde schrijfster, een gezelschap van theologen en filosofen met haar aanwezigheid vereren en een lezing houden, als ze zo goed wilde zijn, over een onderwerp in het kader van het overkoepelende thema 'Zwijgen, medeplichtigheid en schuld'?

Het boek dat ze die dag las, was van Paul West, een Engelsman, maar een die zich leek te hebben bevrijd van de meer kleingeestige bekommernissen van de Engelse roman. Zijn boek ging over Hitler en degenen in de Wehrmacht die een moord op hem beraamden, en er was niets aan de hand totdat ze bij de hoofdstukken kwam waarin de terechtstelling van de samenzweerders werd beschreven. Waar kon West zijn materiaal vandaan hebben? Konden er echt getuigen zijn geweest die die avond naar huis gingen en voordat ze het vergaten, voordat het geheugen zichzelf uit zelfbehoud wiste, in letters die het papier moeten hebben geschroeid opschreven wat ze hadden gezien, tot en met de woorden die de beul sprak tegen de stumpers die aan hem waren overgeleverd, voor het merendeel sukkelende oude mannen, beroofd van hun uniform en voor deze laatste gelegenheid in gevangenisafdankertjes gestoken, serge broeken stijf van het vuil, truien vol mottengaten, geen schoenen, geen riem, hun kunstgebit en bril afgepakt, uitgeput, bevend, handen in de zakken om hun broek op te houden, zachtjes jammerend van angst, hun tranen bedwingend, genoodzaakt aan te horen hoe deze proleet, deze slager met de bloedkorsten van vorige week nog onder zijn nagels, hen hoonde, hun vertelde wat er zou gebeuren als het touw zich met een ruk spande, hoe de stront langs hun spichtige oudemannenbeentjes zou lopen, hoe hun slappe oudemannenpenissen voor de laatste keer zouden sidderen? Een voor een gingen ze naar het schavot, in een non-descripte ruimte die evengoed een garage had kunnen zijn als een abattoir, onder carbidlampen zodat opperbevelhebber Adolf Hitler in zijn hol in het bos eerst naar de filmbeelden van hun gesnik en daarna van hun gekronkel en ten slotte van hun onbeweeglijkheid zou kunnen kijken, de slappe onbeweeglijkheid van dood vlees, en de zoetheid van zijn wraak zou kunnen smaken.

Daarover had Paul West, romanschrijver, bladzij na bladzij na bladzij geschreven, zonder iets over te slaan; en dat was wat ze las, misselijk van de vertoning, misselijk van zichzelf, misselijk van een wereld waarin zulke dingen gebeurden, totdat ze het boek ten slotte wegschoof en met haar hoofd in haar handen ging zitten. 'Obsceen!' wilde ze roepen, maar ze riep het niet omdat ze niet wist wie ze het woord naar het hoofd moest slingeren: naar zichzelf, West, het comité van engelen dat onbewogen waakt over alles wat er gebeurt. Obsceen omdat zulke dingen niet mogen gebeuren, en dubbel zo obsceen omdat ze als ze zijn gebeurd niet aan het licht mogen worden gebracht maar, wil men zijn gezond verstand bewaren, voor altijd moeten worden toegedekt en verborgen in de ingewanden van de aarde, net als wat er in de slachthuizen van de wereld gebeurt.

De uitnodigingsbrief kwam op een moment dat het obscene contact met het boek van West nog zwaar op haar drukte. En dat is, kort samengevat, de reden dat ze nu in Amsterdam is, terwijl het woord 'obsceen' nog altijd opwelt in haar keel. Obsceen: niet alleen wat Hitlers scherprechters deden, niet alleen wat de beul deed, maar ook de bladzijden van Paul Wests zwarte boek. Scènes die het daglicht niet kunnen verdragen, waarvoor de ogen van maagden en kinderen dienen te worden afgeschermd.

Hoe zal Amsterdam reageren op Elizabeth Costello in haar huidige toestand? Heeft het stoere calvinistische woord 'kwaad' nog wel enig gezag onder deze verstandige, pragmatische, goed aangepaste burgers van het Nieuwe Europa? Het is meer dan een halve eeuw geleden dat de duivel voor het laatst schaamteloos door hun straten paradeerde, maar ze kunnen het onmogelijk vergeten zijn. Adolf en zijn cohorten hebben de volksverbeelding nog altijd in hun greep. Een merkwaardig gegeven als je bedenkt dat Koba de beer, zijn oudere broer en mentor en alleszins moordzuchtiger, smeriger, gruwelijker dan hij, al bijna is vergeten. Het afwegen van smerigheid tegen smerigheid waarbij het afwegen zelf je een vieze smaak in de mond geeft. Twintig miljoen, zes miljoen, drie miljoen, honderdduizend, op een gegeven moment kan de geest de aantallen niet meer bevatten; en hoe ouder je wordt – dat is haar tenminste overkomen – des te sneller de geest het opgeeft. Een mus die met een katapult van een tak wordt geschoten, een stad die vanuit de lucht wordt vernietigd, wie durft te zeggen wat erger is? Kwaad is het, allemaal kwaad, een kwaadaardig universum dat is bedacht door een kwaadaardige god. Durft ze dat tegen haar vriendelijke Nederlandse gastheren te zeggen, haar vriendelijke, intelligente, verstandige publiek in deze verlichte, rationeel georganiseerde, goed bestuurde stad? Het is beter als ze zich rustig houdt, het is beter als ze niet maar van alles roept. Ze ziet de volgende kop in de *Age* al voor zich: 'Universum kwaadaardig, aldus Costello.'

Vanuit haar hotel slentert ze langs de gracht, een oude vrouw in een regenjas, nog wat licht in het hoofd, wat wankel ter been na de lange vlucht vanaf de andere kant van de wereld. Gedesoriënteerd: komt het alleen omdat ze zich ontheemd voelt dat ze zulke zwartgallige gedachten heeft? Zo ja, dan moet ze misschien minder reizen. Of meer.

Het onderwerp waarover ze zal spreken, het onderwerp dat door haar en haar gastheren is overeengekomen, is 'Getuigenis, zwijgen en censuur'. De lezing, althans het grootste deel, was niet moeilijk om te schrijven. Na tien jaar in het bestuur van PEN Australië kan ze zelfs in haar slaap een verhandeling over censuur houden. Als ze zich er gemakkelijk van af zou willen maken, kon ze hun haar gebruikelijke lezing over censuur voorlezen, een paar uur naar het Rijksmuseum gaan en daarna de trein naar Nice nemen, want het gelukkige toeval wil dat haar dochter daar verblijft als gast van een stichting.

Het routineverhaal over censuur is liberaal van inhoud, met misschien een zweem van het cultuurpessimisme waardoor haar denken de laatste tijd wordt gekenmerkt: de westerse beschaving is gebaseerd op het geloof in onbegrensde en onbegrensbare inspanning, het is te laat om daar nog iets aan te doen, we moeten ons gewoon stevig vasthouden en maar zien waar het schip strandt. Maar over het onderwerp van het onbegrensbare lijken haar denkbeelden een kalme verandering te ondergaan. Het lezen van het boek van West heeft tot die verandering bijgedragen, vermoedt ze, al is het mogelijk dat die verandering evengoed wel zou zijn gekomen, om redenen die haar duisterder zijn.

Waar ze met name niet langer zeker van is, is of mensen wel altijd beter worden van wat ze lezen. Bovendien is ze er niet zeker meer van of schrijvers die zich in de donkerder contreien van de ziel wagen wel altijd ongeschonden terugkeren. Ze is zich gaan afvragen of schrijven wat je wilt, net als lezen wat je wilt, wel altijd zo goed is.

Dat is in elk geval wat ze van plan is te gaan zeggen hier in Amsterdam. Het belangrijkste voorbeeld dat ze van plan is op de conferentie te presenteren, is *The Very Rich Hours of Count von Stauffenberg*, dat bij een pakketje boeken zat, sommige nieuw, andere herdrukt, dat haar werd toegestuurd door een bevriende redacteur van een uitgeverij in Sydney. *The Very Rich Hours* was het enige dat haar echt had kunnen boeien; haar reactie zette ze uiteen in een recensie die ze op het laatste moment terugtrok en nooit heeft gepubliceerd.

Bij haar aankomst in het hotel had er een envelop op haar liggen wachten: een welkomstbrief van de organisatie, een conferentieprogramma, plattegronden. Nu, gezeten op een bankje op de Prinsengracht in de aarzelende warmte van de noordelijke zon, werpt ze een blik op het programma. Haar lezing staat voor de volgende ochtend gepland, de eerste dag van de conferentie. Ze bladert door naar de cv's aan het eind van het programma. 'Elizabeth Costello, bekend Australisch romanschrijfster en essayiste, auteur van *The House on Eccles Street* en vele andere boeken.' Niet de manier waarop zij zich zou hebben geafficheerd, maar ze hebben haar niets gevraagd. Blijven steken in het verleden, zoals gebruikelijk; blijven steken in wat ze in haar jeugd heeft gepresteerd.

Haar blik glijdt langs de lijst. Van haar meeste conferentiegenoten heeft ze nooit gehoord. Dan wordt haar oog getrokken door de laatste naam op de lijst, en haar hart slaat over. 'Paul West, romanschrijver en criticus.' Paul West, de onbekende aan wiens zielsgesteldheid ze zoveel bladzijden wijdt. Kan iemand, vraagt ze in haar lezing, zo diep het naziwoud van gruwelen in dwalen als Paul West en daar ongeschonden uit tevoorschijn komen? Hebben wij eraan gedacht dat de ontdekkingsreiziger die zich dat woud in laat lokken, door die ervaring misschien niet beter en sterker zal worden maar slechter? Hoe kan ze haar lezing houden, hoe kan ze zo'n vraag stellen, terwijl Paul West zelf zich onder het gehoor bevindt? Het zal op een aanval lijken, een aanmatigende, van iedere aanleiding verstoken en in de eerste plaats persoonlijke aanval op een collega-schrijver. Wie zal de waarheid geloven: dat ze nooit iets met Paul West te maken heeft gehad, hem nooit heeft ontmoet, alleen dit ene boek van hem heeft gelezen? Wat moet ze doen?

Van haar twintig bladzijden tekst is minstens de helft aan het boek over Von Stauffenberg gewijd. Met een beetje geluk is het niet in het Nederlands vertaald; met uitzonderlijk veel geluk heeft niemand anders in het publiek het gelezen. Ze zou de naam van West eruit kunnen laten, alleen naar hem kunnen verwijzen als 'de auteur van een boek over de nazitijd'. Ze zou het boek in kwestie zelfs denkbeeldig kunnen maken, een denkbeeldige roman over de nazi's door een denkbeeldige auteur die littekens op zijn ziel had overgehouden aan het schrijven ervan. Dan zal niemand het merken, behalve natuurlijk West zelf, als hij de moeite neemt naar de lezing van de vrouw uit Australië te komen.

Het is vier uur 's middags. Normaal doet ze tijdens zulke lange vluchten alleen maar hazenslaapjes. Maar deze vlucht heeft ze geëxperimenteerd met een nieuwe pil, en die lijkt te hebben gewerkt. Ze voelt zich goed, klaar om zich op haar werk te storten. Er is nog tijd genoeg om de lezing te herschrijven, om Paul West en zijn roman ver naar de achtergrond te schuiven en alleen de stelling zichtbaar te laten, de stelling dat het schrijven zelf, als een vorm van morele vermetelheid, de potentie heeft gevaarlijk te zijn. Maar wat voor stelling zou dat zijn, een stelling zonder voorbeelden?

Is er iemand die ze in plaats van Paul West kan gebruiken, Céline bijvoorbeeld? Een van de romans van Céline, de titel is haar ontschoten, flirt met sadisme, fascisme, antisemitisme. Het is jaren geleden dat ze hem heeft gelezen. Kan ze er een exemplaar van te pakken krijgen, liefst niet in het Nederlands, en Céline haar lezing in schrijven?

Maar Paul West is niet Céline, in de verste verte niet. Flirten met sadisme is nu juist wat West niet doet; bovendien komen er nauwelijks joden in zijn boek voor. De gruwelen die hij onthult, zijn *sui generis*. Dat moest de taak zijn geweest die hij zichzelf had gesteld: als onderwerp een handjevol stuntelige Duitse carrière-officieren nemen, die alleen al door hun opvoeding ongeschikt waren voor het beramen en plegen van een moordaanslag, het verhaal van hun dwaasheid en de gevolgen daarvan van begin tot eind vertellen en bij de lezer tot diens eigen verbazing authentiek medelijden, authentieke angst oproepen.

Er was een tijd dat ze zou hebben gezegd: Alle eer

aan een schrijver die een verhaal zo tot in zijn diepste uithoeken volgt. Nu is ze daar niet zo zeker meer van. Dat lijkt er in haar te zijn veranderd. Hoe dan ook, Céline is niet zo iemand, Céline, dat werkt niet.

Op het dek van een schuit die tegenover haar ligt aangemeerd zitten twee stellen aan een tafeltje te praten en bier te drinken. Fietsers ratelen voorbij. Een gewone middag van een gewone Hollandse dag. Moet ze, nadat ze duizenden kilometers heeft gereisd om zich juist aan deze variant van het alledaagse te laven, van dat voornemen afzien om in een hotelkamer op een tekst voor een conferentie te gaan zitten ploeteren die over een week weer vergeten zal zijn? En met welk doel? Om een man die ze nog nooit heeft ontmoet niet in verlegenheid te brengen? Ze weet niet hoe oud Paul West is – het staat niet op het omslag van zijn boek, de foto kan van jaren geleden zijn – maar ze weet wel zeker dat hij niet jong is. Zijn hij en zij, elk op hun eigen manier, misschien nog niet oud genoeg om niet meer in verlegenheid te kunnen worden gebracht?

Bij terugkomst in het hotel is er een berichtje dat ze Henk Badings moet bellen, de man van de Vrije Universiteit met wie ze heeft gecorrespondeerd. Heeft ze een prettige vlucht gehad, vraagt Badings. Is haar kamer naar wens? Heeft ze zin om met hem en twee andere gasten te gaan eten? Nee, dank u, antwoordt ze, ze wil liever bijtijds naar bed. Na een korte pauze stelt ze haar vraag. De romanschrijver Paul West, is die al in Amsterdam? Ja, is het antwoord van Badings, Paul West is niet alleen in Amsterdam, het zal haar plezier doen te horen dat hij zelfs in hetzelfde hotel logeert als zij.

Als er iets nodig is om haar te prikkelen, dan is het dat wel. Onaanvaardbaar dat Paul West onder één dak zou moeten verblijven met een vrouw die hem in het openbaar uitmaakt voor een slachtoffer van Satan. Ze moet hem uit de lezing schrappen of ze moet zich terugtrekken, zo eenvoudig is dat.

Ze blijft de hele nacht op de lezing ploeteren. Eerst probeert ze de naam van West eruit te laten. 'Een recente roman,' noemt ze het boek, 'uit Duitsland.' Maar dat werkt natuurlijk niet. Ook al trappen de meeste luisteraars erin, West zal weten dat ze hem bedoelt.

Als ze haar stelling nu eens probeert af te zwakken? Als ze nu eens suggereert dat, door de werking van het kwaad te beschrijven, de schrijver het kwaad misschien *onbewust* als iets aantrekkelijks voorstelt, en daarmee meer schade aanricht dan goeddoet? Zal dat de klap verzachten? Ze schrapt de eerste alinea op pagina acht, de eerste slechte pagina, daarna de tweede, daarna de derde, begint verbeteringen in de kantlijn te krabbelen en staart dan vertwijfeld naar de puinhoop. Waarom heeft ze geen kopie gemaakt voordat ze begon?

De jongeman bij de receptie zit met een hoofdtelefoon op en beweegt zijn schouders heen en weer. Wanneer hij haar ziet, schiet hij in de houding. 'Een kopieerapparaat,' zegt ze. 'Is er een kopieerapparaat dat ik kan gebruiken?'

Hij neemt het pak papier van haar over, werpt een blik op de titel. Het hotel ontvangt veel conferentiegangers, hij zal wel gewend zijn aan verstrooide buitenlanders die midden in de nacht hun lezing herschrijven. Het leven van dwergsterren. De oogsten in Bangladesh. Het veelvuldig bederf van de ziel. Voor hem is het één pot nat.

Met de kopieën achter de hand gaat ze door haar

lezing af te zwakken, maar met steeds meer twijfel in haar hart. De schrijver als slachtoffer van Satan: wat een onzin! Met haar argumenten brengt ze zichzelf onvermijdelijk in de positie van de ouderwetse censor. En waar dienen al die slagen om de arm eigenlijk voor? Om een kleingeestig schandaal te vermijden? Waar komt dat toch vandaan, die aarzeling van haar om mensen voor het hoofd te stoten? Nog even en ze is dood. Wat doet het er dan nog toe dat ze ooit in Amsterdam een of andere onbekende tegen de haren in heeft gestreken?

Toen ze negentien was, herinnert ze zich, liet ze zich een keer oppikken op de Spencer Street Bridge bij de haven van Melbourne, destijds een ruige buurt. De man was een dokwerker, in de dertig, op een rauwe manier knap, en hij noemde zich Tim of Tom. Zij was studente kunstgeschiedenis en opstandig. Ze kwam voornamelijk in opstand tegen de matrijs die haar had gevormd: respectabel, kleinburgerlijk, katholiek. In die dagen waren in haar ogen alleen de arbeidersklasse en de waarden van de arbeidersklasse authentiek.

Tim of Tom nam haar mee naar een café en daarna naar het pension waar hij woonde. Het was iets wat ze nooit eerder had gedaan, met een vreemde man naar bed gaan; op het laatste moment deinsde ze terug. 'Het spijt me,' zei ze. 'Het spijt me heel erg, maar kunnen we stoppen?' Maar daar wilde Tim of Tom niet van horen. Toen ze zich verzette, probeerde hij haar te dwingen. Lange tijd bleef ze hem zwijgend, hijgend afweren, duwend en krabbend. In het begin hield hij het voor een spelletje. Toen kreeg hij er genoeg van, of kreeg zijn begeerte er genoeg van, veranderde in iets anders, en hij begon haar serieus te slaan. Hij tilde haar op van het bed, stompte tegen haar borsten, stompte in haar buik, gaf haar met zijn elleboog een keiharde stoot in haar gezicht. Toen hij genoeg had van het slaan, verscheurde hij haar kleren en probeerde ze in brand te steken in de prullenbak. Spiernaakt kroop ze naar buiten en verstopte zich in de wc op de overloop. Een uur later, toen ze zeker wist dat hij sliep, kroop ze terug om te pakken wat er nog over was. Gekleed in alleen de verschroeide flarden van haar jurk hield ze een taxi aan. Ze logeerde een week bij twee verschillende vriendinnen, maar weigerde te vertellen wat er was gebeurd. Haar kaak was gebroken; hij moest met ijzerdraad worden gezet; ze leefde op melk en sinaasappelsap, opgezogen door een rietje.

Het was haar eerste kennismaking met het kwaad. Toen de gekrenktheid van de man afnam en plaatsmaakte voor de kalme vreugde waarmee hij haar pijn deed, had ze beseft dat het niets minder was dan dat, het kwaad. Hij vond het fijn om haar pijn te doen, dat kon ze wel zien; waarschijnlijk vond hij het nog fijner dan seks. Al wist hij dat misschien nog niet toen hij haar oppikte, hij had haar eerder mee naar zijn kamer genomen om haar pijn te doen dan om met haar te vrijen. Door hem af te weren had ze het kwaad in hem een uitweg geboden, en het kwam naar buiten in de vorm van plezier, eerst om haar pijn ('Dat vind je lekker, hè?' fluisterde hij terwijl hij haar tepels verdraaide. 'Vind je dat lekker?'), daarna om het kinderachtige, boosaardige vernielen van haar kleren.

Waarom gaan haar gedachten terug naar deze lang voorbije en – in feite – onbelangrijke gebeurtenis? Antwoord: omdat ze het nooit aan iemand heeft verteld, het nooit heeft gebruikt. In geen van haar verhalen komt een aanranding voor van een vrouw door een man als wraak voor afwijzing. Tenzij Tim of Tom nog een stokoud, beverig mannetje is, tenzij het comité van waarnemingsengelen de notulen van de gebeurtenissen die nacht heeft bewaard, is de herinnering aan wat er in dat pension gebeurde van haar en van haar alleen. Die heeft ze een halve eeuw als een ei in zich meegedragen, een ei van steen, een ei dat nooit zal openbarsten, nooit leven zal geven. Ze vindt het goed, het bevalt haar, dat zwijgen van haar, een zwijgen dat ze tot in het graf hoopt te bewaren.

Eist ze van West een soortgelijke terughoudendheid, een verhaal over een moordcomplot waarin hij niet vertelt wat er met de samenzweerders gebeurde toen ze in de handen van hun vijanden vielen? Natuurlijk niet. Wat wil ze dan precies tegen die verzameling vreemdelingen zeggen over – ze kijkt op haar horloge – minder dan acht uur?

Ze probeert haar gedachten te ordenen, terug te gaan naar het begin. Wat was het in haar dat in opstand kwam tegen West en zijn boek toen ze het voor het eerst las? Op het eerste gezicht dat hij Hitler en zijn trawanten weer tot leven had gewekt, hun weer vat op de wereld had gegeven. Goed. Maar wat is daar verkeerd aan? West is romanschrijver, net als zij; ze leven allebei van het vertellen of opnieuw vertellen van verhalen; en in hun verhalen, willen die verhalen iets voorstellen, gaan karakters, zelfs beulen, een eigen leven leiden. Dus waarom zou ze een haar beter zijn dan West?

Dat is, voorzover ze het kan overzien, omdat zij niet meer gelooft dat verhalen vertellen op zichzelf goed is, terwijl die vraag bij West niet lijkt op te komen, althans niet toen hij het boek over Von Stauffenberg schreef. Als zij, zoals tegenwoordig, moest kiezen tussen een verhaal vertellen en iets goeds doen, dan zou ze liever, denkt ze, iets goeds doen. West, denkt ze, zou liever een verhaal vertellen, al moet ze misschien met haar oordeel wachten totdat ze het uit zijn eigen mond verneemt.

Het lijkt op een heleboel dingen, het vertellen van verhalen. Een ervan (zegt ze in een van de alinea's die ze nog niet heeft doorgestreept) is een fles met een geest erin. Wanneer de verhalenverteller de fles openmaakt, kan de geest de wereld in, en het is een heidens karwei om hem terug in de fles te krijgen. Haar mening, haar herziene mening, haar mening in de schemer van het leven, is dat het al met al maar beter is als de geest in de fles blijft.

De wijsheid van de gelijkenis, de wijsheid van eeuwen (daarom denkt ze liever in gelijkenissen dan dat ze dingen beredeneert), zit in het zwijgen over het leven van de geest als die is opgesloten in de fles. Er wordt volstaan met te zeggen dat het beter voor de wereld zou zijn als de geest gevangen bleef.

Geest of duivel. Ze kan zich steeds minder voorstellen wat het betekent in God te geloven, maar ze heeft nooit enige twijfel over de duivel. De duivel zit onder de huid van alles en iedereen en zoekt zijn weg naar het licht. De duivel kroop die nacht in de dokwerker in Spencer Street, de duivel kroop in Hitlers beul. En via de dokwerker, zo lang geleden, kroop de duivel in haar: ze voelt hoe hij ineengedoken in haar zit, opgevouwen als een vogel, wachtend op zijn kans om uit te vliegen. Via de beul van Hitler kroop er een duivel in Paul West, en in zijn boek heeft West die duivel zijn vrijheid gegeven, hem op de wereld losgelaten. Ze voelde de aanraking van zijn leerachtige vleugel, zo onmiskenbaar als zeep, toen ze die duistere bladzijden las.

Ze weet heel goed hoe ouderwets dit klinkt. Met duizenden zullen ze West verdedigen. 'Hoe kunnen we nu iets te weten komen over de nazi-gruwelen,' zullen die verdedigers zeggen, 'als het onze kunstenaars verboden is die voor ons tot leven te wekken? Paul West is geen duivel maar een held; hij heeft zich in het labyrint van Europa's verleden gewaagd en de Minotaurus bedwongen en is teruggekeerd om zijn verhaal te vertellen.'

Wat kan ze daarop antwoorden? Dat het beter ware geweest als onze held was thuisgebleven, of tenminste zijn heldendaden voor zichzelf gehouden had? Hoe dankbaar zal in tijden dat kunstenaars zich vastklampen aan de laatste paar flarden waardigheid die hun nog resten, een dergelijk antwoord haar collega-schrijvers stemmen? 'Ze heeft ons in de steek gelaten,' zullen ze zeggen. 'Elisabeth Costello is een moraalridder geworden.'

Ze wilde dat ze *The Very Rich Hours of Count von Stauffenberg* bij zich had. Als ze alleen maar weer een blik op die bladzijden kon werpen, haar ogen eroverheen kon laten gaan, dan zou al haar twijfel verdwijnen, dat weet ze zeker, de bladzijden waar West de beul, de slager – ze is zijn naam vergeten maar kan niet zijn handen vergeten, zoals ongetwijfeld ook zijn slachtoffers de herinnering aan die naar hun keel tastende handen met zich meenamen de eeuwigheid in – waar hij de slager een stem geeft, hem zijn grove, zijn erger dan grove, zijn onuitsprekelijke, spottende opmerkingen laat maken tegen de huiverende oude mannen die hij op het punt staat te doden, opmerkingen over hoe hun lichaam hen zal verraden als ze spartelen en dansen aan het eind van het touw. Het is afschuwelijk, te afschuwelijk voor woorden: afschuwelijk dat zo'n man heeft bestaan, nog afschuwelijker dat hij uit zijn graf gehaald moest worden terwijl we dachten dat hij veilig dood was.

'Obsceen.' Dat is het woord, een woord met een omstreden etymologie, dat ze als een talisman moet vasthouden. Ze wil geloven dat 'obsceen' 'achter de coulissen' betekent. Om onze mensheid te redden, moeten bepaalde dingen die we misschien willen zien (misschien willen zien omdat we mensen zijn!) achter de coulissen blijven. Paul West heeft een obsceen boek geschreven, hij heeft getoond wat niet getoond mag worden. Dat moet de rode draad in haar betoog zijn als ze tegenover het publiek staat, dat mag ze niet loslaten.

Ze valt aan de schrijftafel in slaap, nog helemaal aangekleed, met haar hoofd op haar armen. Om zeven uur gaat de wekker. Versuft en uitgeput doet ze al het mogelijke om haar gezicht op te lappen en neemt het rare liftje naar de lobby. 'Heeft meneer West al ingecheckt?' vraagt ze aan de jongen bij de receptie, dezelfde jongen.

'Meneer West... Ja, meneer West zit in kamer 311.'

De zon stroomt door de ramen van de ontbijtzaal. Ze haalt koffie en een croissant, vindt een plaatsje bij een raam en inspecteert het vijftal andere vroege vogels. Zou de gedrongen man met de bril die de krant zit te lezen West zijn? Hij lijkt niet op de foto op het boekomslag, maar dat zegt niets. Zou ze naar hem toe gaan en het hem vragen? 'Meneer West, hoe maakt u het, ik ben Elizabeth Costello en ik wil een ingewikkelde verklaring afleggen, als u me toestaat.

Die gaat over u en uw omgang met de duivel.' Hoe zou zij het vinden als een of andere onbekende dat bij haar deed terwijl ze zat te ontbijten?

Ze staat op, loopt tussen de tafels door en neemt de lange weg naar het buffet. De man leest een Nederlandse krant, *de Volkskrant*. Er zit roos op de kraag van zijn jasje. Hij kijkt op over de rand van zijn bril. Een onbewogen, alledaags gezicht. Het zou wie dan ook kunnen zijn: een vertegenwoordiger in textiel, een hoogleraar Sanskriet. Het zou voor hetzelfde geld Satan kunnen zijn in een van zijn vermommingen. Ze aarzelt, loopt door.

De Nederlandse krant, de roos... Niet dat Paul West geen Nederlands zou kunnen lezen, niet dat Paul West geen roos zou kunnen hebben. Maar als ze zich wil opwerpen als een kenner van het kwaad, zou ze dan geen neus voor het kwaad moeten hebben? Waar ruikt het kwaad naar? Sulfer? Zwavel? Zyklon B? Of is het kwaad kleurloos en geurloos geworden, zoals zoveel van de rest van de morele wereld?

Om half negen komt Badings haar halen. Samen wandelen ze naar het theater een paar straten verderop waar de conferentie zal plaatsvinden. In de grote zaal wijst hij haar een man die alleen op de achterste rij zit. 'Paul West,' zegt Badings. 'Wilt u dat ik hem aan u voorstel?'

Hoewel het niet de man is die ze bij het ontbijt heeft gezien, verschillen de twee niet veel qua bouw, en zelfs niet qua uiterlijk.

'Later misschien,' mompelt ze.

Badings verontschuldigt zich, gaat nog het een en ander regelen. Nog een minuut of twintig voordat de conferentie begint. Ze loopt naar de andere kant van de zaal. 'Meneer West?' vraagt ze met haar vriendelijkste stem. Jaren geleden dat ze voor het laatst een beroep heeft gedaan op wat je vrouwelijke listen zou kunnen noemen, maar als het met vrouwelijke listen lukt, zal ze het niet laten. 'Kan ik u even spreken?'

West, de echte West, kijkt op van wat hij aan het lezen is, wat wonderlijk genoeg een soort stripboekje lijkt te zijn.

'Mijn naam is Elizabeth Costello,' zegt ze, en ze gaat naast hem zitten. 'Dit is niet makkelijk voor me, dus laat ik er geen doekjes om winden. In mijn lezing vandaag zitten verwijzingen naar een van uw boeken, het boek over Von Stauffenberg. De lezing gaat zelfs grotendeels over dat boek, en over u als de schrijver ervan. Toen ik de lezing schreef, verwachtte ik niet dat u in Amsterdam zou zijn. Dat had de organisatie me niet verteld. Maar aan de andere kant, waarom zouden ze? Ze hadden geen idee wat ik wilde gaan zeggen.'

Ze pauzeert. West staart in de verte, komt haar niet te hulp.

'Ik zou, neem ik aan,' vervolgt ze, en nu weet ze werkelijk niet wat er komen gaat, 'u bij voorbaat om excuus kunnen vragen, u kunnen vragen zich mijn opmerkingen niet persoonlijk aan te trekken. Maar dan zou u, geheel terecht, kunnen vragen waarom ik met alle geweld opmerkingen wil maken die bij voorbaat verontschuldiging behoeven, waarom ik die niet gewoon uit de lezing schrap.

Ik heb inderdaad overwogen ze te schrappen. Toen ik eenmaal had gehoord dat u hier ook zou zijn, ben ik het grootste deel van de nacht in de weer geweest, om een manier te vinden mijn opmerkingen minder venijnig, minder agressief te maken. Ik heb zelfs overwogen om helemaal weg te blijven – te doen alsof ik ziek was. Maar dat zou niet fair zijn geweest tegenover de organisatoren, vindt u wel?'

Het is een opening, een kans voor hem om iets te zeggen. Hij schraapt zijn keel maar zegt niets, blijft voor zich uit staren en haar confronteren met zijn redelijk fraaie profiel.

'Wat ik zeggen wil,' zegt ze, met een blik op haar horloge (nog tien minuten, de zaal begint vol te stromen, ze moet man en paard noemen, geen tijd voor plichtplegingen), 'wat ik betoog is dat we op onze hoede moeten zijn voor gruwelen zoals u in uw boek beschrijft. Wij schrijvers. Niet alleen omwille van onze lezers maar ook uit zorg voor onszelf. We kunnen onszelf in gevaar brengen door wat we schrijven, dat is althans mijn overtuiging. Want als wat wij schrijven in staat is betere mensen van ons te maken, dan kan het ons ongetwijfeld ook slechter maken. Ik weet niet of u het met me eens bent.'

Weer een opening. Weer doet de man er hardnekkig het zwijgen toe. Wat gaat er door hem heen? Vraagt hij zich af wat hij te zoeken heeft op deze bijeenkomst in Holland, land van molens en tulpen, en waarom hij zich de tirade moet laten welgevallen van een of andere halvegare oude heks, met het vooruitzicht diezelfde tirade nog een keer te moeten uitzitten? 'Een schrijversleven,' zou ze hem in herinnering moeten brengen, 'is niet gemakkelijk.'

Een groepje jongeren, waarschijnlijk studenten, strijkt neer op de stoelen vlak vóór hen. Waarom reageert West niet? Ze begint geïrriteerd te raken; ze heeft zin haar stem te verheffen, met een knokige vinger voor zijn gezicht te zwaaien.

'Ik was diep onder de indruk van uw boek. Dat wil zeggen, het maakte een indruk op me op de manier van een brandijzer. Sommige bladzijden brandden met het vuur van de hel. U weet vast wel waar ik het over heb. Met name die ophangscène. Ik betwijfel of ikzelf in staat zou zijn zulke bladzijden te schrijven. Dat wil zeggen, ik zou misschien wel in staat zijn ze te schrijven, maar ik zou het niet willen, ik zou het mezelf niet toestaan, niet meer, niet zoals ik nu ben. Ik geloof niet dat je het er als schrijver ongeschonden afbrengt als je zulke scènes bedenkt. Ik geloof dat je beschadigd kunt raken als je zo schrijft. Dat ben ik van plan in mijn lezing te zeggen.' Ze houdt de groene map met haar tekst naar voren, tikt erop. 'Dus ik vraag u niet om vergeving, ik vraag u zelfs niet om begrip, ik ben alleen zo fatsoenlijk u van tevoren te informeren en te waarschuwen voor wat er zo direct gaat gebeuren. Omdat' (en ze voelt zich ineens sterker, zekerder van zichzelf, beter in staat om uiting te geven aan de ergernis, de woede zelfs, die deze man bij haar wekt, hij neemt niet eens de moeite iets terug te zeggen) 'omdat u per slot van rekening geen kind meer bent, u moet hebben geweten welk risico u nam, u moet hebben beseft dat het gevolgen kon hebben, onvoorspelbare gevolgen, en ziehier' – ze staat op, drukt de map tegen haar boezem alsof ze zich wil beschermen tegen de vlammen die om hem heen flakkeren – 'die gevolgen dienen zich nu aan. Dat is alles. Fijn dat u even naar me hebt willen luisteren, meneer West.'

Badings, voor in de zaal, wuift discreet. Het is tijd.

Het eerste deel van de lezing is routine, bekend terrein: auteurschap en autoriteit, dichters die door de eeuwen heen beweren een hogere waarheid te spreken, een waarheid waarvan het gezag in de openbaring gelegen is, en vervolgens het recht opeisen, in de tijd van de romantiek, die een tijd van ongeëvenaarde geografische ontdekkingsdrift is gebleken, om zich op plekken te mogen wagen die verboden zijn of waarop een taboe rust.

'De vraag die ik vandaag wil stellen,' vervolgt ze, 'is of de kunstenaar wel echt de held en ontdekkingsreiziger is die hij voorgeeft te zijn, of we er wel altijd goed aan doen te applaudisseren als hij uit de grot tevoorschijn komt met het kwalijk riekende zwaard in de ene hand en de kop van het monster in de andere. Ter illustratie van mijn betoog wil ik verwijzen naar een aan de verbeelding ontsproten werk dat een paar jaar geleden verschenen is, een belangrijk en in veel opzichten moedig boek, in onze ontgoochelende tijd zijn wij het mythische monster, namelijk Adolf Hitler, nooit dichter genaderd. Ik doel op de roman van Paul West, *The Very Rich Hours of Count von Stauffenberg*, en in het bijzonder op het aanschouwelijke hoofdstuk waarin meneer West de terechtstelling beschrijft van de samenzweerders van juli 1944 (met uitzondering van Von Stauffenberg, die al was neergeschoten door een overijverige officier, tot verdriet van Hitler, die zijn vijand graag een langzame dood had zien sterven).

Als dit een gewone lezing was, zou ik u op dit moment een alinea of twee voorlezen, om u een idee te geven van dit bijzondere boek. (Het is overigens geen geheim dat de schrijver ervan vandaag in ons midden is. Sta mij toe meneer West mijn verontschuldigingen aan te bieden voor de indruk dat ik hem hier recht in zijn gezicht de les lees; op het moment dat ik mijn lezing schreef, kon ik niet vermoeden dat hij hier zou zijn.) Ik zou u een stuk van die verschrikkelijke bladzijden moeten voorlezen, maar ik zal het niet doen, omdat ik niet geloof dat het goed voor u of mij zou zijn het te horen. Ik durf zelfs te stellen (en nu kom ik bij de kern) dat ik niet geloof dat het goed was voor meneer West, als hij me vergeeft dat ik het zeg, om die bladzijden te schrijven.

Dat is vandaag mijn stelling: dat sommige dingen niet goed zijn om te lezen of te schrijven. Of, anders gezegd, de bewering dat de kunstenaar veel op het spel zet door zich op verboden plekken te wagen, neem ik serieus. Hij zet vooral zijn eigen welzijn op het spel, maar misschien dat van ons allemaal. Ik neem deze bewering serieus omdat ik het verbod op verboden plekken serieus neem. De kelder waarin de samenzweerders van 1944 werden opgehangen, is zo'n verboden plek. Ik vind niet dat we die kelder moeten binnengaan, niemand van ons. Ik vind dat meneer West er niet moet binnengaan en dat als hij besluit het toch te doen, wij hem niet moeten volgen. Integendeel, ik vind dat er tralies voor de kelderopening moeten worden geplaatst, met een bronzen herinneringsplaquette met de woorden "Hier stierven...", gevolgd door een lijst van de doden en hun jaartallen, en verder niets.

Meneer West is schrijver, of, zoals ze vroeger zeiden, dichter. Ik ben ook dichter. Ik heb niet alles gelezen wat meneer West heeft geschreven, maar genoeg om te weten dat hij zijn roeping serieus neemt. Dus als ik meneer West lees, doe ik dat niet alleen met respect maar ook met sympathie.

Ik heb het boek over Von Stauffenberg met sympathie gelezen, met inbegrip (dat moet u van mij aannemen) van de executiescènes, zozeer zelfs dat het op het laatst net zo goed ikzelf als meneer West had kunnen zijn die de pen in de hand hield en de woorden schreef. Woord voor woord, stap voor stap, hartslag voor hartslag loop ik met hem mee de duisternis in.

“Niemand is hier meer geweest,” hoor ik hem fluisteren, en dus fluister ik ook; onze adem lijkt één. “Niemand is op deze plek geweest na het moment waarop de mannen stierven en de man hen doodde. Onzer is de dood die gestorven zal worden, onzer de hand die het touw zal knopen.” (“Gebruik dun touw,” beval Hitler zijn beul. “Wurg hen. Ik wil dat ze voelen dat ze doodgaan.” En zijn beul, zijn schepsel, zijn monster, gehoorzaamde.)

Wat een arrogantie, om aanspraak te maken op het lijden en de dood van die beklagenswaardige mannen! Hun laatste uren behoren alleen hun toe, het is niet aan ons om daarin te kruipen en er bezit van te nemen. Als het onaardig is om zoiets over een collega te zeggen, als het de situatie minder pijnlijk maakt, kunnen we doen alsof het boek in kwestie niet langer van meneer West is maar van mij, dat ik het mij heb toegeëigend door mijn bezeten manier van lezen. Laten we in hemelsnaam elk voorwendsel aangrijpen dat aangegrepen kan worden en verdergaan.’

Ze moet nog een paar bladzijden, maar ze is opeens te erg van streek om verder te kunnen lezen, of de moed ontbreekt haar. Een zedenpreek, laat het daar maar bij blijven. De dood is een privé-zaak; de kunstenaar zou niet mogen binnendringen in de dood van anderen. Bepaald geen overdreven houding in een wereld waar stervenden en rouwenden geroutineerd een cameralens in hun gezicht geduwd krijgen.

Ze slaat de groene map dicht. Een mager applausje. Ze kijkt op haar horloge. Vijf minuten voor het geplande einde van de sessie. Ze heeft er verbazend lang over gedaan, als je bedenkt hoe weinig ze eigenlijk heeft gezegd. Tijd voor maar één, hooguit twee vragen, goddank. Haar hoofd tolt. Ze hoopt maar dat niemand erop gaat aandringen dat ze meer over Paul West zegt, die, zo ziet ze als ze haar bril opzet, nog altijd op zijn plek op de achterste rij zit. (Goede ziel, denkt ze, en ze is hem opeens veel vriendelijker gezind.)

Een man met een donkere baard steekt zijn hand op. 'Hoe weet u dat?' vraagt hij. 'Hoe weet u of meneer West – we schijnen het vandaag veelvuldig over meneer West te hebben, ik hoop dat meneer West het recht krijgt om te antwoorden, het zal interessant zijn om zijn reactie te vernemen' – geglimlach in de zaal – 'beschadigd is door wat hij heeft geschreven? Als ik u goed begrijp, zegt u dat als u dit boek over Von Stauffenberg en Hitler zelf had geschreven, u besmet zou zijn geraakt met het nazi-kwaad. Maar misschien betekent dat alleen maar dat u om zo te zeggen een broos vat bent. Misschien is meneer West van degelijker makelij. En misschien zijn wij, zijn lezers, ook wel van degelijker makelij. Misschien kunnen wij wel lezen wat meneer West schrijft, en ervan leren, en er eerder sterker dan zwakker van worden, vastbeslotener om het kwaad nooit te laten terugkeren. Zou u daar iets op willen zeggen?'

Ze had nooit moeten komen, nooit op de uitnodiging moeten ingaan, nu weet ze het zeker. Niet omdat ze niets te zeggen heeft over het kwaad, het probleem van het kwaad, het probleem het kwaad een probleem te noemen, en zelfs niet vanwege de pech dat West aanwezig is, maar omdat er een grens is bereikt, de grens van wat haalbaar is met een groep evenwichtige, goed geïnformeerde, moderne mensen in een schone, goed verlichte zaal in een goed geordende, goed bestuurde Europese stad in de dageraad van de eenentwintigste eeuw.

'Ik geloof niet,' zegt ze langzaam, en de woorden komen er een voor een uit, als stenen, 'dat ik een broos vat ben. En meneer West is dat evenmin, lijkt me. De ervaring die schrijven biedt, of lezen – lezen en schrijven is hetzelfde, voor wat ik bedoel, hier, vandaag -' (maar is het wel hetzelfde? – ze raakt het spoor bijster, wat is het spoor?), 'echt schrijven, echt lezen, is niet relatief, hangt niet alleen af van de schrijver en de capaciteiten van die schrijver, en ook niet van de lezer' (ze heeft al God weet hoe lang niet geslapen, wat voor slaap door moest gaan in het vliegtuig was geen slaap). 'Toen meneer West die hoofdstukken schreef, kwam hij in aanraking met iets absoluuts. Het absolute kwaad. Zijn zegen en zijn vloek, als u het mij vraagt. Doordat ik hem las, werd die aanraking van het kwaad aan mij doorgegeven. Als een schok. Als elektriciteit.' Ze kijkt even naar Badings, die in de coulissen staat. 'Help me,' zegt die blik. 'Maak hier een eind aan.' 'Het is niet iets wat je kunt laten zien,' zegt ze, terwijl ze zich voor het laatst tot de vragensteller richt. 'Het is iets wat alleen maar ervaren kan worden. Ik raad u echter aan het niet te proberen. U zult niets leren van zo'n ervaring. Het zal niet goed voor u zijn. Dat wilde ik vandaag zeggen. Dank u wel.'

Terwijl het publiek opstaat en uitwaaiert (tijd voor een kop koffie, het is genoeg geweest met dat rare mens, nota bene uit Australië, wat weten ze daar nou van het kwaad?), probeert ze Paul West in het oog te houden op de achterste rij. Als er iets waar is van wat ze heeft gezegd (maar ze is vol twijfel, en wanhopig bovendien), als de vonk van het kwaad inderdaad van Hitler naar Hitlers beul en vandaar naar Paul West is overgesprongen, dan zal hij vast wel iets laten merken. Maar ze merkt helemaal niets aan hem, niet op deze afstand, gewoon een kleine man in het zwart op weg naar de koffieautomaat.

Badings staat al naast haar. 'Heel interessant, mevrouw Costello,' mompelt hij, zoals het een gastheer betaamt. Ze schudt hem af, ze wil niet gesust worden. Met gebogen hoofd, zonder iemand aan te kijken, baant ze zich een weg naar de damestoiletten en sluit zich op in een wc.

De banaliteit van het kwaad. Komt het daardoor dat er geen geur of aura meer is? Zijn de grote Lucifers van Dante en Milton voorgoed met pensioen, vervangen door een bende stoffige duiveltjes die als papegaaien op je schouder zitten en geen vurige gloed verspreiden maar juist licht opzuigen? Of is alles wat ze heeft gezegd, zijn al haar verwijten en beschuldigingen niet gewoon eigenzinnig geweest, maar idioot, volslagen idioot? Wat doet een romanschrijver tenslotte anders, wat heeft zijzelf haar hele leven anders gedaan dan dode stof tot leven wekken; en wat heeft Paul West anders gedaan, zoals die man met die baard zei, dan het verhaal van wat er in die kelder in Berlijn is gebeurd weer tot leven wekken? Wat heeft ze anders mee naar Amsterdam genomen om aan deze verblufte onbekenden te tonen dan een obsessie, een obsessie die alleen zij heeft en die ze zelf duidelijk niet begrijpt?

'Obsceen.' Ga terug naar dat talismanachtige woord, houd het stevig vast. Houd het woord vast en reik dan naar de ervaring erachter. Dat is altijd haar stelregel geweest voor als ze zichzelf in abstracties voelt wegglijden. Wat was haar ervaring? Wat gebeurde er precies toen ze die zaterdagmorgen dat vervloekte boek zat te lezen op het grasveld? Wat maakte haar zo van streek dat ze een jaar na dato nog altijd naar de wortels ervan wroet? Kan ze haar weg terug vinden?

Al voordat ze aan het boek begon, kende ze het verhaal van de juli-samenzweerders, wist ze dat de meesten van hen al binnen enkele dagen na de aanslag op Hitler waren opgespoord, berecht en terechtgesteld. Ze wist zelfs wel zo ongeveer dat ze ter dood waren gebracht met de boosaardige wreedheid waarin Hitler en zijn trawanten gespecialiseerd waren. Dus niets in het boek was een verrassing geweest.

Ze gaat terug naar de beul, hoe die ook mocht heten. In zijn spottende opmerkingen tegen de mannen die op het punt stonden onder zijn handen te sterven klonk een lichtzinnig, een 'obsceen' fanatisme door dat zijn opdracht te boven ging. Waar kwam dat fanatisme vandaan? Voor zichzelf heeft ze het satanisch genoemd, maar misschien moet ze dat woord nu loslaten. Want dat fanatisme was in zekere zin afkomstig van West zelf. Het was West die de sneren bedacht (Engelse sneren, geen Duitse), ze de beul in de mond legde. De taal aan het karakter aanpassen, wat is daar satanisch aan? Ze doet zelf niet anders.

Ga terug. Ga terug naar Melbourne, naar die zaterdagochtend toen ze zou hebben gezworen dat ze de aanraking van Satans hete, leerachtige vleugel voelde. Verbeeldde ze het zich maar? 'Ik wil dit niet lezen,' had ze bij zichzelf gezegd; toch was ze door blijven lezen, geprikkeld tegen wil en dank. 'De duivel brengt me in de verleiding': wat is dat voor excuus?

Paul West deed alleen zijn plicht als schrijver. In de persoon van zijn beul opende hij haar de ogen voor een van de talrijke vormen van menselijke slechtheid. Via de personen van de slachtoffers van de beul herinnerde hij haar eraan wat een deerniswekkende, gespleten, bevende schepsels wij allemaal zijn. Wat is daar mis mee?

Wat had ze gezegd? 'Ik wil dit niet lezen.' Maar welk recht had ze te weigeren? Welk recht had ze niet te willen weten wat ze, in maar al te duidelijke zin, al wist? Wat was het in haar dat zich wilde verzetten, de beker aan zich voorbij wilde laten gaan? En waarom dronk ze desondanks – dronk ze zo overvloedig dat ze een jaar later nog altijd tekeergaat tegen de man die de beker aan haar lippen heeft gezet?

Als er een spiegel aan de binnenkant van deze deur hing in plaats van alleen maar een haakje, als ze zich zou uitkleden en ervoor zou neerknielen, dan zou ze er, met haar hangende borsten en knokige heupen, weinig anders uitzien dan de vrouwen op die intieme, die al te intieme foto's uit de oorlog in Europa, die glimpen van de hel, die naakt neerknielden aan de rand van de geul waar ze de volgende minuut, de volgende seconde in zouden tuimelen, dood of stervende door een kogel in hun achterhoofd, behalve dan dat die vrouwen in de meeste gevallen niet zo oud waren als zij, maar alleen gesloopt door ondervoeding en angst. Ze voelt mee met die dode zusters, en ook met de mannen die onder de handen van de slagers stierven, mannen die oud en lelijk genoeg waren om haar broers te kunnen zijn. Ze houdt er niet van om haar zusters en broers vernederd te zien worden, op manieren waarop je oude mensen zo makkelijk kunt vernederen, bijvoorbeeld door ze zich te laten uitkleden, hun kunstgebit af te pakken, grappen te maken over hun geslachtsdelen. Als haar broers die dag in Berlijn zullen worden opgehangen, als ze spartelen aan het eind van een touw, terwijl hun gezicht rood aanloopt en hun tong en ogen uitpuilen, dan wil ze dat niet zien. Uit zusterlijk fatsoen. Laat me mijn ogen afwenden.

'Laat me niet kijken.' Dat was de smeekbede die ze tegen Paul West fluisterde (ware het niet dat ze Paul West toen niet kende, hij was alleen maar een naam op het omslag van een boek). 'Dwing me niet ermee verder te gaan!' Maar Paul West was onverbiddelijk. Hij liet haar verder lezen, príkkelde haar om verder te lezen. Dat zal ze hem niet licht vergeven. Daarvoor heeft ze hem achtervolgd over de zeeën helemaal tot in Holland.

Is dat de waarheid? Kan dat ermee door als verklaring?

Toch doet zij hetzelfde, althans dat deed ze. Totdat ze daar bedenkingen tegen kreeg, zag ze er geen been in om haar lezers bijvoorbeeld in te peperen wat er allemaal in abattoirs gebeurde. Als Satan niet oppermachtig is in het abattoir, waar hij de schaduw van zijn vleugels over de dieren werpt die, terwijl hun neusgaten al gevuld zijn met de geur van de dood, het talud af gepord worden naar de man met het pistool en het mes, een man die even genadeloos en banaal (hoewel ze het gevoel begint te krijgen dat ook dat woord met pensioen moet, het heeft zijn tijd gehad) is als de beul van Hitler (die het vak per slot van rekening ook met vee had geleerd) – als Satan niet oppermachtig is in het abattoir, waar dan wel? Zij kon, evengoed als Paul West, net zolang met woorden spelen tot ze de juiste had, de woorden die een elektrische schok door de ruggengraat van de lezer zouden jagen. Slagersvolk op onze eigen manier.

Maar wat is er dan nu met haar gebeurd? Nu is ze plotseling preuts geworden. Nu vindt ze het niet prettig meer om zichzelf in de spiegel te zien, omdat het haar aan de dood doet denken. Lelijke dingen stopt ze liever goed ingepakt weg in een la. Een oude vrouw die de klok terugdraait, terug naar het Iers-katholieke Melbourne van haar jeugd. Komt het daarop neer?

'Ga terug naar de ervaring.' De veeg van Satans leerachtige vleugel, waardoor was ze er zo van overtuigd dat ze die had gevoeld? En hoeveel langer kan ze een van de twee hokjes in dit benarde damestoilet bezet houden voordat een goedbedoelend iemand besluit dat ze is flauwgevallen en de conciërge roept om het slot te forceren?

De twintigste eeuw onzes Heren, de eeuw van Satan, is voorgoed voorbij. De eeuw van Satan en ook van haar. Mocht ze toevallig over de finishlijn kruipen, de nieuwe eeuw in, dan voelt ze zich er beslist niet thuis. In deze vreemde tijden tast Satan nog altijd de mogelijkheden af, probeert hij nieuwe trucjes uit, verschaft hij zich nieuw onderdak. Hij slaat op de merkwaardigste plekken zijn tenten op – bijvoorbeeld in Paul West, een goed mens, voorzover ze weet, en voorzover iemand die romanschrijver is goed kan zijn, dat wil zeggen, misschien helemaal niet goed, maar wel tot het goede geneigd, in een of andere laatste instantie, want waarom zou je anders schrijven? Ook in vrouwen neemt hij zijn intrek. Als een zuigworm, een spoelworm; je kunt leven en sterven zonder te beseffen dat je hele generaties ervan onderdak hebt geboden. In wiens lever, in wiens darmen zat Satan die noodlottige dag vorig jaar toen ze opnieuw onmiskenbaar zijn aanwezigheid voelde, in die van West of in die van haarzelf?

Oude mannen, broers, die dood neerhingen met hun broek op hun enkels, terechtgesteld. In Rome zou het anders zijn gegaan. In Rome maakten ze een spektakel van terechtstellingen. Ze sleepten hun slachtoffers door het juichende gepeupel naar de schedelplaats om hen te spietsen of te geselen of met pek te overdekken en in brand te steken. De nazi's, die mensen met machinegeweren neermaaiden in een veld, hen vergasten in een bunker, hen wurgden in een kelder, steken daar magertjes bij af. Dus wat was er dan 'te erg' aan de dood die de nazi's zaaiden dat niet 'te erg' was in Rome, waar al het streven erop was gericht zoveel mogelijk wreedheid, zoveel mogelijk pijn aan de dood te ontwringen? Komt het alleen door de armetierigheid van die kelder in Berlijn, een armetierigheid die zoveel op de werkelijkheid, op de huidige tijd lijkt dat ze het niet meer kan verdragen?

Het is als een muur waar ze iedere keer weer tegenop loopt. Ze wilde niet lezen maar ze las; er was haar geweld aangedaan maar ze werkte mee aan de geweldpleging. 'Hij dwong me ertoe,' zegt ze, maar zij dwingt anderen ertoe.

Ze had nooit moeten komen. Conferenties zijn om van gedachten te wisselen, dat is tenminste het idee achter conferenties. Je kunt niet van gedachten wisselen als je niet weet wat je denkt.

Er wordt aan de deur gemorreld, een kinderstemmetje. 'Mammie, hier zit een vrouw in, ik kan haar schoenen zien!'

Haastig trekt ze door, doet de deur van het slot, komt naar buiten. 'Sorry,' zegt ze, de ogen van moeder en dochter ontwijkend.

Wat zei dat kind? 'Waarom doet ze er zo lang over?' Als ze de taal sprak, zou ze haar opheldering kunnen verschaffen. 'Omdat het langer duurt naarmate je ouder wordt. Omdat je soms even alleen moet zijn. Omdat er dingen zijn die we niet in het openbaar doen, niet meer.'

Haar broers. Mochten zij nog voor het laatst naar

het toilet of maakte het zichzelf onderschijten deel uit van de straf? Dat tipje van de sluier heeft Paul West in elk geval niet opgelicht, een kleine tegemoetkoming, waarvoor dank.

Niemand om hen te wassen, naderhand. Dat was sinds onheuglijke tijden vrouwenwerk. Bij wat er in de kelder gebeurde, was geen vrouw aanwezig. Toegang alleen voor mannen. Maar misschien dat er, toen het allemaal voorbij was, toen de roze vingers van de dageraad de oostelijke hemel beroerden, vrouwen arriveerden, onvermoeibare vrouwen, regelrecht uit Brecht weggelopen Duitse werksters, en aan de slag gingen om de rommel op te ruimen, de muren schoon te maken, de vloer te schrobben, alles weer tiptop in orde te brengen, zodat je tegen de tijd dat ze klaar waren nooit meer zou kunnen raden wat de jongens die nacht hadden uitgespookt. Nooit meer, totdat meneer West ten tonele verscheen en alles weer oprakelde.

Het is elf uur. Het volgende onderdeel, de volgende lezing, is vast al aan de gang. Ze heeft de keus. Ze kan naar het hotel gaan en zich verstoppen op haar kamer en doorgaan met treurig zijn, of ze kan op haar tenen de zaal inlopen, op de achterste rij gaan zitten en het tweede doen waarvoor ze haar naar Amsterdam hebben laten komen, luisteren naar wat andere mensen over het kwaad te zeggen hebben.

Er zou nog een derde alternatief moeten zijn, een manier om de morgen af te ronden en vorm en betekenis te geven: een confrontatie die tot een laatste woord zou leiden. Het zou zo geregeld moeten zijn dat ze tegen iemand opbotst in de gang, misschien wel Paul West zelf; er zou iets tussen hen moeten gebeuren, even onverhoeds als de bliksem, die het landschap voor haar verlicht, ook al keert het daarna terug naar zijn natuurlijke duisternis. Maar de gang, lijkt het, is uitgestorven.

VIJF

Eros

Ze heeft Robert Duncan maar een keer ontmoet, in 1963, kort na haar terugkeer uit Europa. Duncan en een andere, minder interessante dichter, Philip Whalen genaamd, waren op een lezingentournee van de US Information Service: de koude oorlog was volop aan de gang, er was geld voor culturele propaganda. Duncan en Whalen lazen voor op de Universiteit van Melbourne; na afloop waren ze met zijn allen naar het café gegaan, de twee dichters en de man van het consulaat en een stuk of vijf Australische schrijvers van alle leeftijden, onder wie zijzelf.

Duncan had die avond zijn lange 'Gedicht beginnend met een regel van Pindarus' voorgelezen en dat had indruk op haar gemaakt, haar ontroerd. Ze had zich tot Duncan aangetrokken gevoeld, met zijn soberknappe Romeinse profiel; ze had wel een avontuurtje met hem gewild, had zelfs wel, in de stemming waarin ze in die dagen verkeerde, een liefdesbaby van hem willen krijgen, als een van die sterfelijke vrouwen uit de mythen die door een passerende god werden bevrucht en achtergelaten om het halfgoddelijke nageslacht groot te brengen.

Ze moet aan Duncan denken omdat ze in een boek

dat haar is toegestuurd door een vriend uit Amerika net weer het verhaal van Eros en Psyche is tegengekomen, verteld door ene Susan Mitchell, van wie ze nog nooit iets gelezen heeft. Vanwaar die belangstelling voor Psyche bij Amerikaanse dichters, vraagt ze zich af. Herkennen ze iets Amerikaans in haar, in het meisje dat niet genoeg heeft aan de extase waarin de bezoeker van haar bed haar nacht na nacht doet geraken, maar een lamp moet aansteken, de duisternis moet verjagen, hem naakt moet aanschouwen? Herkennen ze in haar rusteloosheid, haar onvermogen dingen te laten voor wat ze zijn, iets van zichzelf?

Ook zij is wel enigszins nieuwsgierig naar de gemeenschap van goden met stervelingen, al heeft ze er nooit over geschreven, zelfs niet in haar boek over Marion Bloom en haar door goden bezeten echtgenoot Leopold. Wat haar intrigeert, is niet zozeer het metafysische als wel het technische, de praktische kanten van een bijslaap over de kloof tussen twee zijnsvormen heen. Het is al erg genoeg als een volwassen mannetjeszwaan met zijn zwempoten in je achterste poert terwijl hij zijn wil met je doet, of een stier van duizend kilo zijn kreunende gewicht op je laat rusten; hoe kan, als de god niet de moeite neemt van vorm te veranderen maar zo ontzagwekkend blijft als hij is, het menselijk lichaam bestand zijn tegen de explosie van zijn begeerte?

Gezegd moet worden dat Susan Mitchell niet iemand is die voor zulke vragen terugschrikt. In haar gedicht ligt Eros, die voor de gelegenheid het formaat van een mens lijkt te hebben aangenomen, op zijn rug in bed terwijl zijn vleugels aan weerskanten omlaag hangen, met het meisje (veronderstelt men) boven op zich. Het zaad van goden scheen overvloedig te stromen (zoals ook Maria van Nazareth moet hebben ervaren, toen ze nog wat beverig uit haar droom ontwaakte terwijl het ejaculaat van de Heilige Geest langs haar dijen liep). Als de minnaar van Psyche klaarkomt, worden zijn vleugels drijfnat; of misschien druipt er zaad uit zijn vleugels, misschien worden de vleugels zelf consummatieorganen. Als hij en zij bij gelegenheid samen een climax bereiken, valt hij uiteen als (om Mitchell min of meer te citeren) een in de vlucht geschoten vogel. ('En het meisje dan?' wil ze de dichteres vragen. 'Als je kunt zeggen hoe het voor hem was, waarom dan niet hoe het voor haar was?')

Maar waar ze eigenlijk met Robert Duncan over had willen praten, die avond in Melbourne toen hij haar zo onverbiddelijk liet merken dat niets wat zij te bieden had hem interesseerde, waren niet goden die meisjes bezochten maar – en dat is een veel zeldzamer verschijnsel – godinnen die zich met mannen inlieten. Zoals in het geval van Anchises, de minnaar van Aphrodite en de vader van Aeneas. Je zou hebben gedacht dat na dat onverwachte en onvergetelijke voorval in zijn hut op de berg Ida, Anchises – een knappe kerel, als we de *Hymne* mogen geloven, maar voor de rest een doodgewone herder – over niets anders meer wilde praten, tegen ieder die het horen wilde: hoe hij een godin had geneukt, de sappigste van het hele stel, haar de hele nacht had geneukt, en nog zwanger gemaakt ook.

Mannen en hun wellustige praat. Ze maakt zich geen illusies over hoe stervelingen elke god behandelen, echt of gefingeerd, uit de oudheid of de huidige tijd, die zo ongelukkig is in hun handen te vallen. Ze denkt aan een film die ze eens heeft gezien, een film die geschreven had kunnen zijn door Nathanael West maar het niet was: Jessica Lange speelt een seksgodin uit Hollywood die instort en na een lobotomie op een zaal in een gekkengesticht terechtkomt, onder de medicijnen en vastgeketend aan haar bed, waar de verplegers kaartjes verkopen aan wie het tien minuten met haar wil doen. 'Ik wil een filmster neuken!' hijgt een van hun klanten terwijl hij hun zijn dollars toestopt. In zijn stem de akelige keerzijde van de idolatrie: boosaardigheid, moordzuchtige wrok. Breng een onsterfelijke naar de aarde, toon haar hoe het leven werkelijk is, naai haar tot ze rauw is. 'Pak aan! Pak aan!' In de televisieserie is deze scène eruit geknipt, zo gevoelig ligt het in Amerika.

Maar in het geval van Anchises waarschuwde de godin, toen zij opstond van zijn bed, haar liefje in niet mis te verstane bewoordingen dat hij zijn mond moest houden. Zodoende zat er voor een verstandige kerel niets anders op dan zich tot besluit van elke avond in slaperige herinneringen te verliezen: aan hoe het had gevoeld, mensenvlees omhuld door godenvlees; of, wanneer hij in een serieuzer, meer tot filosoferen geneigde stemming was, zich af te vragen – ervan uitgaande dat de fysieke vermenging van twee verschillende zijnsvormen en in het bijzonder de interactie van menselijke organen met wat in de godenbiologie voor organen staat, in strikte zin niet mogelijk is zolang de natuurwetten nog van kracht zijn – tot wat voor soort wezen, tot wat voor een hybride met een slavenlichaam en een godenziel de plezier minnende Aphrodite zich voor de duur van een nacht zou hebben getransformeerd om zich met hem te kunnen verenigen. Waar was de machtige ziel toen hij het onvergelijkelijke lichaam in zijn armen nam? Weggestopt in een ver hoekje, in een piepklein kliertje in de schedel, bijvoorbeeld; of gevaarloos door het fysieke geheel verspreid als een gloed, een aura? Maar hoe was het mogelijk dat hij, ook al was de ziel van de godin voor zijn bestwil verborgen, niet het vuur van de goddelijke begeerte had gevoeld toen haar ledematen hem omknelden – het niet had gevoeld en er niet door verschroeid was? Waarom moest hem de volgende ochtend woord voor woord worden verteld wat er werkelijk was gebeurd? ('Haar hoofd raakte de dakbalk, haar gezicht straalde van onsterfelijke schoonheid. "Word wakker," zei ze, "zie mij aan, lijk ik op degene die vannacht op je deur heeft geklopt?") Hoe had zoiets ook maar in de verste verte kunnen gebeuren als hij, de man, niet van begin tot eind betoverd was geweest, een betovering die leek op een narcose om het afschuwelijke feit te verdoezelen dat de maagd die hij had uitgekleed, omhelsd, van wie hij de dijen uiteen had gedaan, bij wie hij was binnengedrongen, onsterfelijk was, een trance om hem te beschermen tegen het ondraaglijke plezier van het goddelijke liefdesspel en hem slechts de gematigder gevoelens van een sterveling toe te staan? Maar waarom zou een godin die zich een sterfelijke minnaar had gekozen die minnaar zodanig betoveren dat hij al die tijd zichzelf niet was?

Zo zal het, stellen wij ons voor, de arme verbijsterde Anchises de rest van zijn leven zijn vergaan: een draaikolk van vragen, waarvan hij alleen in de meest algemene zin gewag durfde te maken tegen zijn medeherders, uit vrees ter plekke door de dood getroffen te worden.

En toch is het zo niet gegaan, althans niet volgens de dichters. Als we de dichters mogen geloven, leidde Anchises later een normaal leven, een uitzonderlijk en toch normaal mensenleven, tot de dag dat zijn stad door buitenlanders in brand werd gestoken en hij in ballingschap werd gezonden. Als hij die opmerkelijke nacht al niet vergeten was, dan dacht hij er niet al te veel meer aan, tenminste niet op de manier die wij met denken verbinden.

Dat is het belangrijkste wat ze Robert Duncan graag had willen vragen, als expert op het gebied van uitzonderlijk geslachtsverkeer, datgene wat ze niet begrijpt van de Grieken, of als Anchises en zijn zoon geen Grieken waren maar Trojanen, buitenlanders, dan van de Grieken en Trojanen samen als archaïsche volken uit het oosten van het Middellandse-Zeegebied en onderwerp van Helleense mythen. Ze noemt het hun gebrek aan innerlijkheid. Anchises is intiem geweest met een goddelijk wezen, zo intiem als je maar kunt zijn. Geen alledaagse ervaring. In de hele christelijke mythologie, de apocriefen buiten beschouwing gelaten, is er maar één soortgelijke gebeurtenis, maar dan meer op de gewone manier, met de mannelijke god – nogal onpersoonlijk, nogal afstandelijk, moet worden gezegd – die de sterfelijke vrouw bevrucht. 'Magnificat Dominum anima mea,' zou Maria na afloop gezegd hebben, maar in werkelijkheid is wellicht 'Magnam me facit Dominus' gezegd. Dat is zo'n beetje alles wat ze zegt in de evangeliën, deze niet te evenaren maagd, alsof ze voor de rest van haar leven met stomheid is geslagen door wat haar overkwam. Niemand in haar buurt is zo schaamteloos om te informeren: 'Hoe was het, hoe voelde het, hoe kon je het verdragen?' Toch zal die vraag ongetwijfeld bij mensen opgekomen zijn, bij haar vriendinnen in Nazareth bijvoorbeeld. 'Hoe kon ze het verdragen?' zullen ze tegen elkaar gefluisterd hebben. 'Het moet hebben geleken of ze door een walvis werd geneukt. Het moet hebben geleken of ze door de Leviathan werd geneukt.' Ze spraken het woord blozend uit, die barrevoetse kinderen van de stam Juda, net zoals zij, Elizabeth Costello, zichzelf ook bijna op blozen betrapt terwijl ze het op papier zet. Al behoorlijk grof voor Maria's landgenoten, regelrecht onfatsoenlijk voor iemand die twee millennia ouder en wijzer is.

Psyche, Anchises, Maria: er moeten betere, minder wellustige, meer filosofisch getinte manieren zijn om na te denken over de omgang tussen god en mens. Maar heeft zij de tijd en de bagage, om nog maar te zwijgen van de geneigdheid, om dat te doen?

Innerlijkheid. Kunnen wij voldoende één zijn met een god om te voelen, om een idee te krijgen hoe het is om een god te zijn? Een vraag die niemand meer lijkt te stellen, behalve tot op zekere hoogte haar nieuwe vondst Susan Mitchell, die ook geen filosofe is; een vraag die gedurende haar leven uit de mode is geraakt (ze herinnert zich dat het gebeurde, herinnert zich haar verbazing), zoals hij in de mode raakte niet lang voordat haar leven begon. 'Andere manieren van zijn.' Dat is misschien een gepastere benaming. Bestaan er, naast wat we de menselijke noemen, andere manieren van zijn waartoe wij toegang hebben, en zo niet, wat zegt dat dan over ons en onze beperkingen? Ze weet niet veel van Kant, maar het klinkt als een kantiaanse vraag. Als haar oren haar niet bedriegen, kwam de innerlijkheid in zwang met de man uit Koningsbergen en eindigde min of meer met Wittgenstein, de Weense vernietiger.

'Goden bestaan,' schrijft Friedrich Hölderlin, die zijn Kant gelezen had, 'maar ze leiden hun leven ergens boven ons in een ander gebied en lijken niet erg geïnteresseerd te zijn in de vraag of wij al dan niet bestaan.' In vroeger tijden schreden die goden over de aarde, begaven zich onder de stervelingen. Maar ons moderne mensen is het niet langer vergund een glimp van hen op te vangen, laat staan hun liefde te verdragen. 'Wij komen te laat.'

Haar lectuur wordt steeds beperkter naarmate ze ouder wordt. Een niet ongewoon verschijnsel. Maar voor Hölderlin heeft ze altijd tijd. 'De grootzielige Hölderlin' zou ze hem noemen als ze Grieks was. Desondanks heeft ze haar twijfel bij Hölderlin over de goden. Te naïef, vindt ze, te zeer bereid om alles voor zoete koek te slikken; onvoldoende bedacht op de listen van de geschiedenis. Dingen zijn zelden wat ze lijken, zou ze hem willen leren. Wanneer wij worden aangespoord om te klagen over het verlies van de goden, dan is het meer dan waarschijnlijk dat die aansporingen van de goden komen. De goden hebben niet de aftocht geblazen, dat kunnen ze zich niet veroorloven.

Vreemd dat de man die aandacht vroeg voor de goddelijke *apatheia*, het onvermogen van de goden om te voelen, en hun daaruit voortvloeiende behoefte om anderen voor zich te laten voelen, geen oog heeft gehad voor de gevolgen van die *apatheia* voor hun erotische leven.

Liefde en dood. De goden, de onsterfelijken, waren de uitvinders van dood en verval; toch ontbrak het hun aan de moed, een tweetal opmerkelijke uitzonderingen daar gelaten, om hun uitvinding op zichzelf toe te passen. Daarom zijn ze zo benieuwd naar ons, zitten ze zo boordevol vragen. Wij noemen Psyche een dwaas, nieuwsgierig meisje, maar wat had een god eigenlijk in haar bed te zoeken? Door ons te bestemmen voor de dood, hebben de goden ons een voorsprong op henzelf gegeven. Van de twee, goden en stervelingen, zijn wij het die het fanatiekst leven, het meest intens voelen. Daarom kunnen ze ons niet uit hun hoofd zetten, kunnen ze niet zonder ons, loeren en jagen ze onophoudelijk op ons. Dat is uiteindelijk de reden waarom ze seks met ons niet in de ban doen, maar alleen regels opstellen over waar en in welke vorm en hoe vaak. Uitvinders van de dood, en ook uitvinders van het sekstoerisme. In de seksuele extase van de stervelingen bespeuren ze de *huivering* van de dood, in het kronkelen dat ermee gepaard gaat, het zich ontspannen: ze praten er eindeloos over als ze te veel gedronken hebben – met wie ze het voor het eerst hebben ervaren, hoe het voelde. Ze zouden willen dat ze dat onnavolgbare trillinkje zelf in hun erotische repertoire hadden, om hun paring met elkaar wat op te fleuren. Maar ze zijn niet bereid het zo duur te betalen. Dood, vernietiging. Stel dat er geen wederopstanding bestaat, vragen ze zich angstig af.

Wij beschouwen hen als alwetend, deze goden, maar in werkelijkheid weten ze maar bitter weinig, en wat ze weten, weten ze alleen in de meest algemene zin. Zij kunnen strikt genomen geen enkel kenniscorpus, geen enkele filosofie de hunne noemen. Hun kosmologie is een assortiment gemeenplaatsen. Ze hebben alleen verstand van astrale vluchten, hun enige wetenschap van eigen bodem is de antropologie. Ze zijn gespecialiseerd in de mensheid om wat wij hebben en zij missen; ze bestuderen ons omdat ze jaloers zijn.

En over ons gesproken, beseffen ze wel (o ironie!) dat onze omhelzingen zo heftig, zo onvergetelijk zijn door de korte blik die ze ons gunnen op een leven dat we voor het hunne houden, een leven dat wij (omdat onze taal er geen woord voor heeft) 'het hiernamaals' noemen? 'Ik houd niet van die andere wereld,' schrijft Martha Clifford aan haar penvriend Leopold Bloom, maar ze liegt: waarom zou ze überhaupt schrijven als ze niet door een duivelse minnaar naar een andere wereld ontvoerd wilde worden?

Leopold kuiert intussen door de openbare bibliotheek van Dublin en gluurt, als er niemand kijkt, tussen de benen van godinnenstandbeelden. Als Apollo een pik en ballen van marmer heeft, vraagt hij zich af, heeft Artemis dan een bijpassende opening? Hij houdt zichzelf graag voor dat hij esthetisch onderzoek doet: tot hoever reikt de verplichting van de kunstenaar aan de natuur? Maar wat hij werkelijk wil weten, als hij het maar onder woorden kon brengen, is of coïtus met het goddelijke mogelijk is.

En zijzelf? Hoeveel heeft zij over goden geleerd tijdens haar zwerftochten door Dublin met die onverbeterlijk gewone man? Haast alsof ze met hem getrouwd was. Elizabeth Bloom, de tweede vrouw, de spookvrouw van.

Wat ze zeker weet over de goden, is dat ze de hele tijd naar ons gluren, zelfs tussen onze benen gluren, vol nieuwsgierigheid, vol afgunst, en soms zelfs zover gaan dat ze aan onze aardse kooi rammelen. Maar hoe diep, vraagt ze zich tegenwoordig af, gaat die nieuwsgierigheid eigenlijk? Zijn ze, afgezien van onze erotische gaven, nieuwsgierig naar ons, hun antropologische specimina, zoals wij op onze beurt nieuwsgierig zijn naar chimpansees, of eerder zoals wij nieuwsgierig zijn naar vogels, of naar vliegen? Ondanks volop bewijs van het tegendeel houdt ze het liever op chimpansees. Ze wil graag geloven dat de goden bewondering hebben, zij het wrokkige bewondering, voor onze energie, voor het eindeloze vernuft waarmee wij ons lot proberen te ontlopen. 'Fascinerende wezens,' wil ze graag geloven dat ze tegen elkaar zeggen bij hun ambrozijn, 'zo sprekend ons in veel opzichten, vooral hun ogen zijn zo expressief, wat jammer toch dat ze dat "iets" missen dat onontbeerlijk is om hierboven naast ons te kunnen zitten!'

Maar misschien vergist ze zich in hun belangstelling voor ons. Of liever gezegd, misschien had ze vroeger gelijk, maar nu niet meer. In haar beste jaren, houdt ze zichzelf graag voor, had ze een reden voor de gevleugelde Eros zelve kunnen zijn om naar de aarde af te dalen. Niet omdat ze zo'n schoonheid was, maar omdat ze zo verlangde naar de goddelijke aanraking, daar zo smartelijk naar verlangde; omdat ze in haar verlangen, dat zo onbevredigbaar was en daarom zo komisch als drijfveer, een flinke portie had kunnen beloven van waar het thuis op de Olympus aan ontbrak. Maar nu lijkt alles anders. Waar ter wereld vind je tegenwoordig nog zulke onsterfelijke verlangens als die van haar in vroeger tijd? In elk geval niet in de contactadvertenties. 'Alleenst. vr., 1.72m, dertig-plus, brunette, houdt van astrologie, fietsen, zoekt alleenst. man, 35-45, voor vriendschap, plezier, avontuur.' Nooit: 'Gesch. vr., zestig-plus, snelt net zo hard op de dood af als de dood op haar, zoekt G, onsterfelijk, aardse vorm onbelangrijk, om dingen te doen waarvoor woorden tekortschieten.' Op de advertentieafdeling zouden ze hun voorhoofd fronsen. Perverse verlangens, zouden ze zeggen, en ze zouden haar in hetzelfde mandje gooien als de pederasten.

'Wij doen geen beroep op de goden omdat we niet meer in hen geloven.' Ze heeft een hekel aan zinnen die om 'omdat' scharnieren. De kaken van de val klappen dicht, maar de muis is elke keer ontsnapt. En wat irrelevant trouwens! Wat een misvatting! Erger dan Hölderlin! Wie kan het iets schelen wat wij geloven? De enige vraag is of de goden in óns zullen blijven geloven, of we de laatste flikkering van de vlam die ooit in hen brandde levendig kunnen houden. 'Vriendschap, plezier, avontuur': welke god voelt zich daardoor aangesproken? Waar zij vandaan komen, is meer dan genoeg plezier. En meer dan genoeg schoonheid ook.

Vreemd hoe ze, naarmate de begeerte zijn greep op haar lichaam verliest, steeds duidelijker een universum ziet dat door begeerte wordt geregeerd. 'Hebben jullie je Newton niet gelezen?' zou ze tegen de mensen van het datingbureau willen zeggen (en zou ze ook tegen Nietzsche willen zeggen als ze met hem in contact kon komen). 'Begeerte gaat beide kanten op. A trekt B aan omdat B A aantrekt, en andersom: zo bouw je een universum.' Of als 'begeerte' nog te grof is, misschien 'neiging'? Neiging en toeval: een machtig duo, meer dan machtig genoeg om een kosmologie op te bouwen, van de atomen en de kleine dingetjes met onzinnamen die atomen vormen tot aan Alfa Centauri en Cassiopeia en de grote duisternis daarachter. De goden en wijzelf, hulpeloos rondwervelend in de winden van het toeval, maar in gelijke mate tot elkaar aangetrokken, niet alleen tot B en C en D maar ook tot X en Y en Z en omega. Ook het allernietigste, ook het allerlaatste wordt aangesproken door de liefde.

Een visioen, een opening, zoals de hemelen worden geopend door een regenboog als het ophoudt met regenen. Is het voldoende voor oude mensen om af en toe zulke visioenen te hebben, zulke regenbogen, als troost, voordat het weer begint te plenzen? Moet je te krakkemikkig zijn om mee te dansen voordat je het patroon in de passen herkent?

ZES

Aan de poort

Het is een warme middag. Het plein wemelt van de bezoekers. Maar weinigen hebben oog voor de vrouw met het witte haar die met haar koffer in de hand uit de bus stapt. Ze draagt een blauwe katoenen jurk; haar hals, in de zon, is rood verbrand en bedekt met zweetdruppels.

Langs de tafeltjes op het trottoir, langs de jonge mensen, terwijl de wieltjes van de koffer over de kinderhoofdjes ratelen, begeeft ze zich naar de poort waar een geüniformeerde man slaperig op wacht staat, leunend op het geweer dat hij met de kolf omlaag voor zich houdt.

'Is dit de poort?' vraagt ze.

Hij knippert eenmaal bevestigend onder de klep van de pet.

'Mag ik erdoor?'

Met een beweging van zijn ogen wijst hij naar het hokje naast de poort.

In het hokje, dat uit geprefabriceerde houten panelen bestaat, is het om te stikken van de hitte. Achter een tafeltje op schragen zit een man in hemdsmouwen te schrijven. Een minuscuul elektrisch ventilatortje blaast een stroom lucht in zijn gezicht.

'Neem me niet kwalijk,' zegt ze. Hij slaat geen acht op haar. 'Neem me niet kwalijk. Kan iemand de poort voor me opendoen?'

Hij is een soort formulier aan het invullen. Zonder op te houden met schrijven zegt hij: 'U moet eerst een verklaring afleggen.'

'Een verklaring afleggen? Tegenover wie? U?'

Met zijn linkerhand schuift hij een vel papier in haar richting. Ze laat de koffer los en pakt het papier. Er staat niets op.

'Voordat ik erdoor mag moet ik een verklaring afleggen,' herhaalt ze. 'Een verklaring waarover?'

'Geloof. Wat u gelooft.'

'Een geloofsverklaring. Is dat alles? Geen gelofte van trouw? Stel dat ik niets geloof? Stel dat ik niet gelovig ben?'

De man haalt zijn schouders op. Voor het eerst kijkt hij haar recht aan. 'We geloven allemaal iets. We zijn geen koeien. Voor ieder van ons is er iets wat we geloven. Schrijf het maar op, wat u gelooft. Zet het maar in de verklaring.'

Ze heeft geen enkele twijfel meer over waar ze is, wie ze is. Ze is een smekeling voor de poort. De reis die haar hier heeft gebracht, naar dit land, naar dit stadje, waaraan een eind leek te komen toen de bus stopte en de deuren opengingen op het drukke plein, was niet het definitieve einde. Nu begint een ander soort beproeving. Er wordt een akte van haar verlangd, een of andere voorgeschreven maar ongedefinieerde bevestiging, voordat ze goed wordt bevonden en erdoor mag. Maar is dit degene die over haar zal oordelen, deze blozende, gezette man op wiens nogal nondescripte uniform (militair? burgerwacht?) ze geen enkel insigne, geen enkele rang kan ontdekken, maar over wie de ventilator, die naar links noch naar rechts draait, een koelte uitstort die ze graag over zichzelf uitgestort zou zien?

'Ik ben schrijfster,' zegt ze. 'U heeft hier waarschijnlijk nooit van mij gehoord, maar ik schrijf, of heb geschreven, onder de naam Elizabeth Costello. Geloven is niet mijn beroep, alleen schrijven. Het is mijn zaak niet. Ik maak imitaties, om met Aristoteles te spreken.'

Ze pauzeert even, komt dan met haar volgende zin, de zin die zal bepalen of dit degene is die over haar oordeelt, de aangewezen persoon om over haar te oordelen, of daarentegen alleen maar de eerste in een lange reeks die eindigt bij God weet wat voor stoffige functionaris van God weet wat voor kanselarij in God weet wat voor kasteel. 'Ik kan een geloofsimitatie schrijven, als u wilt. Strookt dat met uw bedoelingen?'

Zijn reactie heeft iets ongeduldigs, alsof dit aanbod hem al vele malen is gedaan. 'Schrijf de vereiste verklaring,' zegt hij. 'En kom ermee terug als die klaar is.'

'Goed, dat zal ik doen. Loopt uw dienst op een bepaalde tijd af?'

'Ik ben hier altijd,' antwoordt hij. Waaruit ze opmaakt dat het stadje waar ze zich bevindt, waar de poortwachter nooit slaapt en de mensen in de cafés nergens naartoe lijken te hoeven, geen andere verplichting lijken te hebben dan het vullen van de lucht met hun geklets, niet werkelijker is dan zijzelf, niet werkelijker, maar misschien ook niet onwerkelijker.

Nadat ze aan een van de tafeltjes op het trottoir is gaan zitten begint ze kordaat aan wat haar verklaring moet worden. 'Ik ben schrijfster, ik handel in fictie,' staat er. 'Ik geloof alleen tijdelijk ergens in: ergens vast in geloven zou me belemmeren. Ik verander van geloof zoals ik van woning of kleding verander, al naargelang mijn behoefte. Op deze gronden – professioneel, beroepsmatig – verzoek ik om vrijstelling van een regel waarvan ik nu voor het eerst hoor, namelijk dat een ieder die de poort door wil een of meer dingen moet geloven.'

Ze gaat terug naar het poortwachtershokje. Zoals ze al half verwachtte, wordt haar verklaring afgewezen. De man aan het tafeltje speelt die niet door aan een superieur, dat is kennelijk te veel eer, maar schudt alleen zijn hoofd, laat het papier op de vloer vallen en schuift een nieuw vel in haar richting. 'Wat u gelooft,' zegt hij.

Ze loopt terug naar haar stoel op het trottoir. Begin ik een instituut te worden, vraagt ze zich af. De oude vrouw die als schrijfster boven de wet meent te staan? De vrouw die, met haar zwarte koffer altijd aan haar zij (wat zit erin? – ze kan het zich niet herinneren) het ene verzoek na het andere schrijft, die ze voorlegt aan de man in het poortwachtershokje en die de man in het poortwachtershokje afwijst: niet goed genoeg, voldoet niet aan de vereisten om erdoor te mogen?

'Mag ik niet even om het hoekje kijken?' vraagt ze na haar tweede poging. 'Om het hoekje kijken naar wat er aan de andere kant is? Om te zien of het al deze moeite wel waard is.'

Log staat de man op van zijn tafeltje. Hij is niet zo oud als zij, maar jong evenmin. Hij draagt rijlaarzen; over de zijkanten van zijn blauwe kamgaren broek loopt een rode streep. Wat zal hij het warm hebben! denkt ze. En wat koud in de winter! Geen gerieflijk baantje, poortwachter.

Hij leidt haar langs de soldaat die op zijn geweer leunt, totdat ze voor de poort zelf staan, die stevig genoeg is om een heel leger tegen te houden. Uit een buidel aan zijn riem haalt hij een sleutel die bijna net zo lang is als zijn onderarm. Zal dit het moment zijn waarop hij haar zegt dat de poort voor haar is bedoeld en voor haar alleen, en bovendien dat is voorbeschikt dat ze hem nooit door zal mogen gaan? Moet ze hem eraan herinneren, hem laten weten dat ze weet hoe de zaken ervoor staan?

De sleutel draait tweemaal om in het slot. 'Zo, doe u maar te goed,' zegt de man.

Ze drukt haar oog tegen de kier. Hij trekt de deur een millimeter, twee millimeter open, en doet hem weer dicht.

'U heeft het gezien,' zegt hij. 'Dat komt zwart op wit.'

Wat heeft ze gezien? Ondanks haar ongeloof had ze verwacht dat wat zich aan de andere kant van die van teak en koper maar ongetwijfeld ook van het weefsel van de allegorie gemaakte deur bevond, onvoorstelbaar zou zijn: een licht zo verblindend dat de aardse zintuigen er niet tegen bestand zijn. Maar het licht is helemaal niet onvoorstelbaar. Het is alleen maar fel, feller misschien dan de verschillende soorten licht die ze tot nu toe kende, maar niet van een andere orde, niet feller dan bijvoorbeeld een eindeloos gerekte magnesiumflits.

De man klopt op haar arm. Het is een verrassend gebaar voor iemand als hij, verrassend persoonlijk. Zoals een beul, bedenkt ze, die beweert je niets kwaads toe te wensen, maar alleen zijn droeve plicht te doen. 'Nu hebt u het gezien,' zegt hij. 'Nu zult u meer uw best doen.'

In het café bestelt ze iets te drinken in het Italiaans – de juiste taal, zegt ze bij zichzelf, voor zo'n operabuffastadje – en betaalt met biljetten die ze in haar portemonnee vindt, biljetten die ze zich niet herinnert te hebben gewisseld. Ze lijken zelfs verdacht veel op speelgoedgeld: op de ene kant de beeltenis van een negentiende-eeuwse waardigheidsbekleder met baard, op de andere de coupure, 5, 10, 25, 100, in groen- en kersentinten. Vijf wat? Tien wat? Maar de kelner accepteert de biljetten: ze stellen blijkbaar toch iets voor.

Wat voor geld het ook is, veel heeft ze er niet van: vierhonderd eenheden. Iets te drinken kost vijf, met fooi. Wat gebeurt er als je geen geld meer hebt? Bestaat er een openbaar bestuur op welks barmhartigheid je kunt vertrouwen?

Ze brengt de kwestie te berde bij de poortwachter. 'Als u mijn verklaringen blijft afwijzen, zal ik gedwongen zijn mijn intrek bij u in uw hokje te nemen,' zegt ze. 'Hotelprijzen kan ik me niet veroorloven.'

Het is een grap, ze wil deze wat stugge man alleen maar een beetje uit de plooi krijgen.

'Voor langetermijnverzoekers,' antwoordt hij, 'is er een slaapzaal. Met sanitaire en keukenfaciliteiten. In alle behoeften is voorzien.'

'Keuken- of gaarkeukenfaciliteiten?' vraagt ze. Hij reageert niet. Ze zijn hier blijkbaar niet gewend voor de gek te worden gehouden.

De slaapzaal is een raamloos vertrek, lang en laag. Het tussenpad wordt verlicht door één kaal peertje. Aan weerskanten staan stapelbedden, in elkaar geflanst van vermoeid ogend hout en geschilderd in de donkere roestkleur die ze met rijdend materieel associeert. En nu ze aandachtiger kijkt, ziet ze inderdaad gesjabloneerde cijfers en letters: 100377/3 CJG, 282220/0 CXX... Op de meeste bedden ligt een strozak: stro in tijken zakken die in de benauwde hitte een geur van vet en oud zweet verspreiden.

Ze zou in om het even welke goelag kunnen zijn, denkt ze. Ze zou in om het even welk kamp van het Derde Rijk kunnen zijn. Het is een uit clichés opgetrokken geheel, zonder een greintje originaliteit.

'Wat is dit hier?' vraagt ze aan de vrouw die haar heeft binnengelaten.

Ze had het niet hoeven vragen. Voordat het komt, weet ze al wat het antwoord zal zijn. 'Dit is waar je moet wachten.'

De vrouw – ze aarzelt vooralsnog om haar de Kapo te noemen – is zelf ook een cliché: een gezette boerin met een vormeloze grijze jurk, een hoofddoekje en sandalen met blauwe wollen sokken. Maar haar blik is evenwichtig, intelligent. Ze heeft het knagende gevoel dat ze de vrouw al eerder heeft gezien, of haar dubbelgangster, of een foto van haar.

'Mag ik mijn eigen bed kiezen?' vraagt ze. 'Of is ook dat van tevoren voor me besloten?'

'Kies maar,' zegt de vrouw. Van haar gezicht valt niets af te lezen.

Met een zucht maakt ze haar keus, tilt de koffer op, ritst hem open.

Zelfs in dit stadje verstrijkt de tijd. Het wordt dag, haar dag. Ze staat voor een lange hoge tafel, in een leeg vertrek. Op de tafel negen microfoons op een rij. Op de muur erachter een embleem in gipsreliëf: twee schilden, twee gekruiste speren en iets wat lijkt op een emoe maar vermoedelijk als een edeler vogel is bedoeld, met een lauwerkrans in zijn snavel.

Een man die ze voor een parketwacht houdt, brengt haar een stoel en geeft een teken dat ze mag gaan zitten. Ze doet het en wacht. Alle ramen zijn dicht, het is benauwd in het vertrek. Ze wenkt de parketwacht, maakt een drinkgebaar. Hij doet of hij het niet merkt.

Een deur gaat open en de rechters komen achter elkaar binnen, haar rechters, rechters over haar. Ze verwacht half dat onder de zwarte toga's wezens van Grandville schuilgaan: krokodil, ezel, raaf, doodsklopkevertje. Maar nee, ze zijn van haar eigen soort, haar eigen phylum. Zelfs hun gezichten zijn die van mensen. Van mannen, stuk voor stuk; van mannen op leeftijd.

Ze behoeft geen aansporing van de parketwacht (hij staat inmiddels achter haar) om op te staan. Er wordt een voorstelling van haar verwacht; ze hoopt maar dat ze alle aanwijzingen begrijpt.

De rechter in het midden geeft haar een knikje, ze knikt terug.

'U bent...?' vraagt hij.

'Elizabeth Costello.'

'Juist. De verzoekster.'

'Of de smekelinge, als dat mijn kansen vergroot.'

'En dit is uw eerste hoorzitting?'

'Ja.'

'En u wilt...?'

'Ik wil de poort door. Naar de andere kant. Verder gaan met wat daarna komt.'

'Juist. Zoals u inmiddels duidelijk zal zijn, is er de geloofskwestie. Wilt u een verklaring tegenover ons afleggen?'

'Ik heb een verklaring, herzien, zwaar herzien, vele malen herzien. Herzien tot het uiterste van mijn krachten, waag ik te zeggen. Ik geloof niet dat ik bij machte ben haar nog verder te herzien. U heeft een kopie, geloof ik.'

'Inderdaad. Herzien tot het uiterste, zegt u. Volgens sommigen van ons blijft alles voor herziening vatbaar. Laten we afwachten. Wilt u nu uw verklaring voorlezen alstublieft?'

Ze leest.

'Ik ben schrijfster. U denkt misschien dat ik in plaats daarvan zou moeten zeggen: ik was schrijfster. Maar ik ben of was schrijfster vanwege wie ik ben of was. Ik ben niet opgehouden te zijn wat ik ben. Vooralsnog. Dat gevoel heb ik tenminste.

Ik ben schrijfster, en wat ik schrijf is wat ik hoor. Ik ben secretaresse van het onzichtbare, een van de vele secretaressen en secretarissen door de eeuwen heen. Dat is mijn roeping: opschrijven wat gedicteerd wordt. Het is niet aan mij om vragen te stellen, om te oordelen over wat me geboden wordt. Ik schrijf de woorden alleen op en proef ze, proef of ze juist zijn, om zeker te weten dat ik ze goed heb verstaan.

Secretaresse van het onzichtbare: niet mijn eigen woorden, haast ik mij te zeggen. Ik heb ze geleend van een secretaris van een hogere orde, Czeslaw Milosz, een dichter die u misschien bekend is, aan wie ze jaren geleden werden gedicteerd.'

Ze pauzeert. Hier verwacht ze dat ze haar in de rede zullen vallen. 'Gedicteerd door wie?' verwacht ze dat ze zullen vragen. En ze heeft haar antwoord klaar: 'Door ons onbekende machten.' Maar er komt geen interruptie, geen vraag. In plaats daarvan zwaait hun woordvoerder met zijn potlood naar haar. 'Gaat u verder.'

'Voordat ik erdoor mag, wordt van mij verwacht dat ik verklaar wat ik geloof,' leest ze. 'Mijn antwoord luidt: een goede secretaresse hoort niets te geloven. Dat is in een dergelijke functie ongepast. Een secretaresse hoort uitsluitend paraat te zijn, te wachten tot ze geroepen wordt.'

Weer verwacht ze een interruptie: 'Geroepen door wie?' Maar er komen geen vragen, lijkt het.

'In mijn werk is geloof iets wat je tegenwerkt, een obstakel. Ik probeer mij van alle tegenwerking te bevrijden.'

'Als we niets geloven, zijn we geen mensen.' De stem is van degene aan de uiterste linkerkant, degene die ze voor zichzelf Grimalkin heeft gedoopt, een verschrompeld mannetje dat zo klein is dat zijn kin bijna de tafel raakt. Overigens hebben ze allemaal wel een verontrustend komisch trekje. 'Overdreven literair,' denkt ze. 'Een karikaturale kijk op een rechtbank.'

'Als we niets geloven, zijn we geen mensen,' herhaalt hij. 'Wat zegt u daarop, Elizabeth Costello?

Ze zucht. 'Natuurlijk, heren, beweer ik niet dat ik verstoken ben van elke vorm van geloof. De meningen en vooroordelen die ik er in mijn eigen ogen op nahoud, verschillen niet wezenlijk van wat in de volksmond "geloven" heet. Wanneer ik beweer een secretaresse te zijn wie iedere vorm van geloof vreemd is, dan doel ik daarmee op mijn ideale zelf, op iemand die in staat is zich te vrijwaren voor meningen of vooroordelen terwijl het woord dat ze uit hoofde van haar functie moet geleiden door haar heen gaat.'

'Een negatieve capaciteit,' zegt het mannetje. 'Is het een negatieve capaciteit waar u op doelt, die u beweert te bezitten?'

'Zo u wilt. Of om het anders te zeggen, ik heb wel bepaalde overtuigingen, maar daar geloof ik niet in. Ze zijn niet belangrijk genoeg om in te geloven. Ze worden niet ingegeven door mijn hart. Mijn hart en mijn plichtsgevoel.'

Het mannetje tuit zijn lippen. Zijn buurman draait zich opzij en werpt een blik op hem (ze zou zweren dat ze het geruis van veren hoorde). 'En wat voor gevolgen denkt u dat het heeft, dit gebrek aan geloof, voor uw mens-zijn?' vraagt het mannetje.

'Voor mijn eigen mens-zijn? Is dat van belang? Wat ik degenen die mij lezen te bieden heb, wat ik bijdraag aan hún mens-zijn, weegt naar ik mag hopen zwaarder dan mijn eigen leegte in dat opzicht.'

'Uw eigen cynisme, zult u bedoelen.'

Cynisme. Niet een woord waar ze dol op is, maar voor deze keer is ze bereid het voor lief te nemen. Met een beetje geluk is het de laatste keer. Met een beetje geluk wordt ze niet nog eens gedwongen zichzelf te verdedigen met alle daarmee gepaard gaande gewichtigdoenerij.

'Over mijzelf kan ik inderdaad best cynisch zijn, in technische zin. Ik kan het me niet permitteren mezelf al te serieus te nemen, of mijn motieven. Maar wat andere mensen aangaat, wat de menselijke soort of de mensheid aangaat, geloof ik helemaal niet dat ik cynisch ben.'

'Dus u bent niet ongelovig,' zegt de man in het midden.

'Nee. Ongeloof is een vorm van geloof. Niet-gelovig, als u het onderscheid wilt accepteren, al heb ik soms het gevoel dat niet-gelovigheid ook een credo wordt.'

Het blijft even stil. 'Ga door,' zegt de man. 'Ga verder met uw verklaring.'

'Dat was het. Alles is erin aan de orde gekomen. Tot zover mijn pleidooi.'

'Uw pleidooi komt erop neer dat u een secretaresse bent. Van het onzichtbare.'

'En dat ik het me niet kan permitteren ergens in te geloven.'

'Om beroepsredenen.'

'Om beroepsredenen.'

'Maar stel nu eens dat dat onzichtbare u niet als zijn secretaresse beschouwt? Dat uw aanstelling al langgeleden is beëindigd maar de brief u nooit heeft bereikt? Dat u helemaal nooit bént aangesteld? Heeft u ook aan die mogelijkheid gedacht?'

'Daar denk ik elk dag aan. Ik word gedwongen eraan te denken. Als ik niet ben wat ik beweer te zijn, dan ben ik een bedriegster. Als het uw weloverwogen oordeel is dat ik een secretaresse ben die de boel bedriegt, dan kan ik alleen mijn hoofd buigen en het aanvaarden. Ik neem aan dat u mijn antecedenten ook in overweging hebt genomen, mijn curriculum vitae. U doet mij onrecht als u uw ogen sluit voor mijn curriculum.'

'En kinderen?'

De stem is krakerig en hees. Eerst is het haar niet duidelijk van wie hij is. Van Nummer Acht, die met die kwabbige onderkinnen en dat hoogrode gezicht?

'Kinderen? Ik begrijp het niet.'

'En de Tasmaniërs?' gaat hij verder. 'Het lot van de Tasmaniërs?'

De Tasmaniërs? Is er in de tussentijd iets over Tasmanië aan de orde geweest wat haar is ontgaan?

'Ik heb geen speciale mening over Tasmaniërs,' antwoordt ze voorzichtig. 'Ik heb het altijd heel prettige mensen gevonden.'

Hij wuift ongeduldig. 'Ik bedoel de oude Tasmaniërs, degenen die zijn uitgeroeid. Heeft u daar een speciale mening over?'

'Bedoelt u of ik hun stemmen heb gehoord? Nee,

dat heb ik niet, nog niet. Ik ben voor hen waarschijnlijk niet aanvaardbaar. Ze gebruiken waarschijnlijk liever een eigen secretaris of secretaresse, wat natuurlijk hun goed recht is.'

Ze hoort de irritatie in haar stem. Wat heeft het voor zin zich nader te verklaren tegenover een stel snaterende oude mannen die net zo goed kleinsteedse Italianen konden zijn, of kleinstedelingen uit de Dubbelmonarchie, maar zogenaamd recht over haar spreken? Waarom laat ze zich dat welgevallen? Wat weten zij van Tasmanië?

'Ik heb niets over stemmen gezegd,' zegt de man. 'Ik vroeg u naar uw denkbeelden.'

Haar denkbeelden over Tasmanië? Zij mag het dan niet begrijpen, de rest van het college begrijpt het evenmin, want haar vragensteller moet zich naar hen omdraaien om het uit te leggen. 'Er gebeuren afschuwelijke dingen,' zegt hij. 'Onschuldige kinderen worden verkracht. Hele volkeren uitgeroeid. Wat vindt ze van zulke dingen? Heeft ze geen overtuigingen die als richtsnoer kunnen dienen?'

De uitroeiing van de oude Tasmaniërs door haar landgenoten, haar voorvaderen. Ligt dat ten grondslag aan deze hoorzitting, dit proces: de historische schuldvraag?

Ze haalt diep adem. 'Er zijn zaken waarover men spreekt en zaken waarover het gepast is te zwijgen, zelfs tegenover een rechtbank, zelfs tegenover het hoogste gerechtshof, als u dat bent. Ik weet waar u op doelt, en ik kan alleen maar antwoorden dat u zich vergist, schromelijk vergist, als u opmaakt uit wat ik vandaag tegen u heb gezegd dat ik geen oog heb voor dat soort zaken. Laat ik er ter stichting nog het volgende aan toevoegen: wat wij geloven is niet onze enige ethische steun. We kunnen ook op ons hart vertrouwen. Dat is alles. Meer heb ik niet te zeggen.'

Minachting van de rechtbank. Ze riskeert minachting van de rechtbank. Het is iets wat ze zichzelf altijd heeft kwalijk genomen, deze neiging tot opvliegendheid.

'Maar als schrijfster dan? U presenteert zich hier vandaag niet in uw eigen gedaante maar als een speciaal geval, iemand met een speciale bestemming, een schrijfster die niet alleen ontspanningslectuur heeft geschreven, maar ook boeken waarin ze de complexiteit van het menselijk gedrag heeft onderzocht. In die boeken velt u het ene oordeel na het andere, dat kan niet anders. Wat is uw richtsnoer bij die oordelen? Volhardt u in uw stelling dat het alleen maar een kwestie van het hart is? Heeft u geen overtuigingen als schríjfster? Als een schrijver alleen maar een menselijk wezen met een menselijk hart is, wat is er dan zo bijzonder aan uw geval?'

Niet op zijn achterhoofd gevallen. Geen varken in satijnen gewaden, *porcus magistralis*, uit Grandville. Geen theepartijtje van de Gekke Hoedenmaker. Voor het eerst die dag voelt ze zich uitgedaagd. Goed: eens even zien wat ze kan verzinnen.

'De inheemse bevolking van Tasmanië wordt tegenwoordig tot het onzichtbare gerekend, het onzichtbare waarvan ik de secretaresse ben, een van de vele. Elke morgen neem ik plaats aan mijn schrijftafel en bereid me voor op de oproep van die dag. Zo is het leven van een secretaresse, en van mij. Wanneer de oude Tasmaniërs me roepen, als het hun behaagt me te roepen, dan zal ik gereed zijn en schrijven, schrijven zo goed als ik kan.

Net als in het geval van kinderen, want u sprak over

verkrachte kinderen. Ik moet nog door het eerste kind geroepen worden, maar ook daar ben ik klaar voor.

Bedenk echter één ding. Ik sta open voor alle stemmen, niet alleen de stemmen van hen die zijn vermoord en van hen die zijn verkracht.' Ze probeert haar stem ook hierbij vlak te laten blijven, geen toon aan te slaan die retorisch genoemd zou kunnen worden. 'Mochten het daarentegen hun moordenaars en verkrachters zijn wie het behaagt me te roepen, me te gebruiken en door mij te spreken, dan zal ik mijn oren niet voor hen sluiten, dan zal ik niet over hen oordelen.'

'Zult u ook een stem geven aan moordenaars?'

'Jawel.'

'U oordeelt niet tussen de moordenaar en zijn slachtoffer? Komt het daarop neer als je secretaresse bent: alles opschrijven wat je gezegd wordt? Geen geweten?'

Ze weet dat ze in het nauw zit. Maar wat geeft het dat ze in het nauw zit als daarmee het einde dichterbij komt van iets wat steeds meer op een wedstrijd in retoriek begint te lijken? 'Denkt u niet dat ook de schuldigen lijden?' vraagt ze. 'Denkt u niet dat ook zij roepen vanuit hun vlammen? "Vergeet mij niet!" – dat roepen ze. Wat is het voor geweten dat geen acht slaat op zo'n kreet vol morele vertwijfeling?'

'En de stemmen die u roepen,' zegt de kwabbige man, 'vraagt u niet waar die vandaan komen?'

'Nee. Niet zolang ze de waarheid spreken.'

'En u... u die alleen bij uw hart te rade gaat, bepaalt wat waar is?'

Ze knikt ongeduldig. Net het verhoor van Jeanne d'Arc, denkt ze. 'Hoe weet u waar uw stemmen vandaan komen?' Dat literaire gedoe staat haar zo tegen.

Hebben ze niet het benul iets nieuws te verzinnen?

Er is een stilte gevallen. 'Gaat u verder,' zegt de man bemoedigend.

'Dat is alles,' zegt ze. 'U hebt gevraagd, ik heb geantwoord.'

'Gelooft u dat die stemmen van God komen? Gelooft u in God?'

Gelooft ze in God? Een vraag waarvan ze zich wijselijk verre pleegt te houden. Waarom zou God, even aangenomen dat hij bestaat – wat 'bestaat' ook moge betekenen – in zijn onmetelijke, vorstelijke sluimer moeten worden gestoord door de herrie van 'geloof wel' en 'geloof niet', als een referendum?

'Dat is te intiem,' zegt ze. 'Ik heb niets te zeggen.'

'Wij zijn hier onder elkaar. U kunt vrijuit spreken.'

'U begrijpt het niet. Ik bedoel, ik vermoed dat God niet ingenomen zou zijn met zo'n pretentieuze aanspraak – de aanspraak op intimiteit. Ik laat God liever met rust. Zoals ik hoop dat hij ook mij met rust laat.'

Het blijft stil. Ze heeft hoofdpijn. Te veel zweverige abstracties, denkt ze bij zichzelf: een waarschuwing van de natuur.

De voorzitter kijkt naar links en naar rechts. 'Verder nog vragen?' informeert hij.

Er zijn geen vragen meer.

Hij wendt zich tot haar. 'U hoort van ons. Te zijner tijd. Via de geëigende kanalen.'

Ze is terug in de slaapzaal, ligt op haar bed. Ze zou liever zitten, maar het bed heeft opstaande randen zoals een dienblad, je kunt er niet op zitten.

Ze heeft een hekel aan dit warme, bedompte vertrek dat haar als woning is toegewezen. Ze heeft een hekel aan de geur, walgt van de aanraking van de vettige matras. En de uren hier lijken langer te duren dan de uren waaraan ze gewend is, met name midden op de dag. Hoe lang is het geleden dat ze hier aankwam? Ze heeft geen benul meer van tijd. Het voelt als weken, maanden zelfs.

Elke middag als de ergste hitte voorbij is, verschijnt er een band op het plein. In de barokke muziektent spelen de muzikanten, in hun gesteven witte uniform met pet met klep en een heleboel goudgalon, marsen van Souza, walsen van Strauss en populaire liedjes als 'Il pipistrello' of 'Sorrento'. De dirigent heeft het onberispelijke streepsnorretje van een kleinsteedse Lothario; na elk stuk buigt hij glimlachend voor het applaus, terwijl de dikke tubablazer zijn pet afneemt en met een vuurrode zakdoek zijn voorhoofd wist.

Precies, denkt ze bij zichzelf, wat je zou verwachten in een obscuur Italiaans of Oostenrijks-Italiaans grensstadje in het jaar 1912. Uit een boek, zoals ook de slaapzaal met zijn stromatrassen en zijn peertje van veertig watt uit een boek komt, en ook dat hele gedoe in de rechtszaal, tot aan de slaperige parketwacht toe. Wordt het allemaal speciaal voor haar in scène gezet, omdat ze schrijfster is? Is het iemands idee van wat voor een schrijver de hel zal zijn, of tenminste het vagevuur: een vagevuur van clichés? Wat het ook is, ze zou op het plein moeten zijn, niet hier in de slaapzaal. Ze zou aan een van de tafeltjes in de schaduw kunnen zitten te midden van het gefluister van geliefden, met een koud drankje voor zich, wachtend tot de bries voor het eerst over haar wang streek. Een gemeenplaats tussen gemeenplaatsen, ongetwijfeld, maar wat maakt dat nog uit? Wat maakt het uit of het geluk van de jonge stelletjes op het plein geveinsd geluk is, de verveling van de schildwacht geveinsde verveling, de valse noten die de kornettist in het hoogste register blaast geveinsde valse noten? Daaruit heeft het leven bestaan sinds ze hier is aangekomen: een ingewikkelde reeks nauw op elkaar aansluitende gemeenplaatsen, inclusief de gammele bus met de zwoegende motor en de op het dak gebonden koffers, inclusief de poort zelf met zijn reusachtige gesmede spijkers. Waarom gaat ze niet naar buiten om haar rol te vervullen, de rol van de reizigster die is gestrand in een stadje dat ze gedoemd is nooit meer te verlaten?

Maar wie zegt dat ze niet evengoed een rol speelt door zich in de slaapzaal te verschuilen? Waarom denkt ze dat alleen zij bij machte is zich aan het toneelstuk te onttrekken? En waaruit zou echte koppigheid, echte lef, trouwens anders bestaan dan uit doorgaan met de voorstelling, wat er ook gebeurt? Laat de band een dansliedje spelen, laten de paren voor elkaar buigen en de dansvloer opgaan en laat zij, Elizabeth Costello, de oude rot in haar detonerende jurk, een van de dansers zijn en rondzwieren op haar stijve maar niet ongracieuze manier. En als ook dat een cliché is – 'gewoon je werk doen, je rol spelen' – dan is het maar een cliché. Wat geeft haar het recht te huiveren bij clichés als iedereen ze lijkt te accepteren, ernaar lijkt te leven?

Met geloven is het precies eender. 'Ik geloof in de onbedwingbare menselijke geest,' dat had ze tegen haar rechters moeten zeggen. Daarmee zouden ze haar hebben doorgelaten, en nog met voetgestamp bij wijze van applaus ook. 'Ik geloof dat de hele mensheid één is.' Iedereen lijkt dat te geloven, of erin te geloven. Zelfs zij gelooft er af en toe in, als ze in de stemming is. Waarom kan ze niet voor één keer doen alsof?

Toen ze jong was, in een nu verloren en verdwenen

wereld, kwam je mensen tegen die nog in kunst geloofden, of in elk geval in de kunstenaar die in de voetsporen van de grote meesters probeerde te treden. Ook al had God gefaald, en het socialisme, er was nog altijd Dostojevski die als richtsnoer kon dienen, of Rilke, of Van Gogh met zijn verbonden oor, dat voor hartstocht stond. Heeft zij dat kinderlijke geloof tot op late leeftijd behouden, en daarna – het geloof in de kunstenaar en diens waarheid?

Haar eerste neiging zou zijn om nee te zeggen. Uit haar boeken spreekt zeker geen geloof in de kunst. Nu het allemaal achter de rug is, dat levenslange gezwoeg aan de schrijftafel, is ze in staat erop terug te kijken met een blik die koel genoeg is, gelooft ze, ja zelfs koud genoeg om zich niet te laten misleiden. Haar boeken onderwijzen niets, prediken niets; ze beschrijven alleen, zo duidelijk als ze kunnen, hoe mensen op een bepaald moment op een bepaalde plek leefden. Of om het bescheidener te zeggen, ze beschrijven hoe één iemand leefde, een van de miljarden; degene die zij, voor zichzelf, 'zij' noemt, en die door anderen 'Elizabeth Costello' wordt genoemd. Als zij uiteindelijk meer in haar boeken zelf gelooft dan in die persoon, dan alleen op de manier waarop de timmerman gelooft in een solide tafel of de kuiper in een stevig vat. Haar boeken zitten, gelooft ze, beter in elkaar dan zijzelf.

Door een verandering in de lucht, een verandering die zelfs doordringt tot de lome ruimte van de slaapzaal, weet ze dat de zon ondergaat. Ze heeft de hele middag door haar vingers laten glippen. Ze is niet gaan dansen en heeft ook niet aan haar verklaring gewerkt, alleen maar gepiekerd, haar tijd verspild.

In het benauwde washokje achterin frist ze zich zo

goed mogelijk op. Als ze terugkomt, is er een nieuweling, een vrouw jonger dan zijzelf, die uitgeteld op een bed ligt met haar ogen dicht. Het is iemand die ze al eerder heeft gezien, op het plein, in het gezelschap van een man met een witte strohoed. Ze hield haar voor iemand uit het stadje. Maar kennelijk niet. Kennelijk is ook zij een verzoekster.

Niet voor het eerst rijst bij haar de vraag: is het dat wat wij zijn, wij allemaal: verzoekers die op ons respectieve vonnis wachten, sommigen nieuw, anderen, degenen die ik tot de plaatselijke bevolking reken, lang genoeg hier om zich er te hebben gevestigd, te zijn ingeburgerd, deel van het decor te zijn geworden?

De vrouw op het bed heeft iets bekends dat ze niet kan thuisbrengen. Al toen ze haar voor het eerst op het plein zag kwam ze haar bekend voor. Maar ook het plein zelf had van meet af aan iets bekends gehad, het hele stadje. Het is alsof ze naar de set van een vaag herinnerde film is verplaatst. De Poolse schoonmaakster, bijvoorbeeld, als ze dat is, Pools, waar heeft ze haar eerder gezien, en waarom associeert ze haar met poëzie? Is deze jongere vrouw ook dichteres? Is zij daar soms in beland: niet zozeer in een vagevuur als wel in een soort literair themapark, ingericht om haar te vermaken terwijl ze wacht, met acteurs die op schrijvers moeten lijken? Maar als dat zo is, waarom lijken ze er dan zo weinig op? Waarom hebben ze er dan niet wat meer van gemaakt?

Dat maakt het hier zo griezelig, of zou het griezelig maken als het leven niet in zo'n lusteloos tempo verliep: de kloof tussen de acteurs en de rol die ze spelen, tussen de wereld waarop haar een blik wordt gegund en datgene waarvoor die wereld staat. Als het leven na de dood, als het dat is, noem het voorlopig maar even zo – als het leven na de dood alleen maar hocus-pocus blijkt te zijn, van A tot Z gesimuleerd, waarom zit die simulatie er dan zo consequent naast, niet slechts een haarbreedte – dat zou nog te vergeven zijn – maar een handbreedte?

Met dat Kafka-gedoe is het eender. De muur, de poort en de poortwachter komen regelrecht uit Kafka. Net als het eisen van een bekentenis, net als de rechtszaal met de doezelende parketwacht en het forum van oude mannen in kraaiengewaden die doen alsof ze luisteren terwijl zij in de valstrikken van haar eigen woorden spartelt. Kafka, maar alleen aan de oppervlakte Kafka; Kafka die is gereduceerd en afgevlakt tot een parodie.

En waarom is het speciaal Kafka die voor haar wordt afgedraaid? Zij is geen liefhebber van Kafka. Ze kan hem meestal niet lezen zonder dat ongeduld haar bekruipt. Als hij zwalkt tussen hulpeloosheid en wellust, tussen woede en kruiperigheid, vindt ze hem, of in elk geval zijn K-incarnaties, maar al te vaak ronduit kinderachtig. Dus waarom is de mise-en-scène waar ze in is geslingerd dan zo – ze heeft een hekel aan het woord maar er is geen ander – zo kafkaësk?

Eén antwoord dat bij haar opkomt, is dat de voorstelling juist in deze vorm is gegoten omdát het niet haar soort voorstelling is. 'Je houdt niet van kafkaësk, dus dat zullen we je eens flink inpeperen.' Misschien is dat wel de bedoeling van deze grensstadjes: pelgrims een lesje leren. Best, maar waarom zou ze zich aan die les onderwerpen? Waarom zou ze het allemaal zo serieus nemen? Wat kunnen die zogenaamde rechters haar doen behalve haar tegenhouden, dag na dag na dag? En de poort zelf, die haar de doorgang verspert: ze heeft gezien wat erachter is. Er is licht, zeker, maar niet het licht dat Dante in het paradijs zag, het lijkt er zelfs niet op. Als ze haar er niet door willen laten, prima, *basta*, dan doen ze het maar niet. Dan moet ze bij wijze van spreken de rest van haar leven maar hier blijven, overdag op het plein rondhangen en zich bij het vallen van de avond te slapen leggen in de zweetgeur van iemand anders. Je kunt het erger treffen. Ze moet toch iets kunnen doen om de tijd te verdrijven. Misschien kan ze zelfs, als ze een winkel vindt die schrijfmachines verhuurt, weer aan een roman beginnen.

Het is ochtend. Ze zit aan haar tafeltje op het trottoir en werkt aan haar verklaring, probeert het over een andere boeg te gooien. Omdat ze zich erop laat voorstaan dat ze secretaresse van het onzichtbare is, moet ze al haar aandacht concentreren, naar binnen keren. Welke stem van het onzichtbare hoort ze vandaag?

Voorlopig is het enige dat ze hoort het trage bonzen van het bloed in haar oren, net zoals het enige dat ze voelt de zachte streling van haar huid door de zon is. Dat hoeft ze tenminste niet zelf te bedenken: dit stomme, trouwe lichaam dat haar de hele weg heeft begeleid, dit vriendelijke, sjokkende monster waarover haar de zorg is toevertrouwd, deze vleesgeworden schaduw die als een beer op twee poten staat en zich inwendig voortdurend met bloed spoelt. Niet alleen is ze ín dit lichaam, dit ding dat ze in geen duizend jaar had kunnen verzinnen, zo ver zou het boven haar vermogen gaan, ze ís op de een of andere manier dit lichaam; en iedereen om haar heen op het plein, op deze prachtige morgen, al deze mensen, zíjn op de een of andere manier ook hun lichaam.

Op de een of andere manier, maar hoe? Hoe is het

in vredesnaam mogelijk dat lichamen niet alleen in staat zijn zichzelf schoon te houden met behulp van bloed (bloed!), maar ook om te peinzen over het mysterie van hun bestaan en daarover te spreken en zo nu en dan zelfs een ogenblik van extase te beleven? Geldt het als een vorm van geloof, die onbekende eigenschap van haar die het haar mogelijk maakt dit lichaam te blijven zonder dat ze het flauwste idee heeft hoe dat in zijn werk gaat? Zouden zij, die tafel met rechters, het forum van onderzoekers, het tribunaal dat eist dat ze onthult wat ze gelooft – zouden zij hier genoegen mee nemen: 'Ik geloof dat ik ben'? 'Ik geloof dat wat er vandaag voor u staat ik is'? Of zou dat te veel naar filosofie rieken, te veel naar de collegezaal?

Er is een passage in de *Odyssee* waarbij haar altijd een rilling over de rug loopt. Odysseus is afgedaald naar het koninkrijk van de doden om de ziener Teresias te raadplegen. Op diens aanwijzingen graaft hij een geul, snijdt de keel van zijn lievelingsram door en laat het bloed in de geul lopen. Terwijl het bloed vloeit, verdringen de bleke doden zich om hem heen, bedelend om een slokje, totdat Odysseus zijn zwaard moet trekken om hen van zich af te houden.

De donkere plas bloed, de stervende ram, de gehurkte man die desnoods bereid is om uit te halen en te steken, de bleke zielen die nauwelijks van kadavers te onderscheiden zijn, waarom achtervolgt deze scène haar? En als hij afkomstig is van het onzichtbare, wat betekent hij dan?

Ze gelooft onvoorwaardelijk in de ram, de ram die door zijn meester naar deze verschrikkelijke plek is gesleurd. De ram is niet alleen maar een idee, de ram leeft, ook al is hij op dit moment stervende. Als ze in de ram gelooft, gelooft ze dan ook in zijn bloed, die heilige vloeistof, kleverig, donker, bijna zwart, die op aarde gulpt waarin niets meer zal groeien? De lievelingsram van de koning van Ithaca, zo gaat het verhaal, maar uiteindelijk behandeld als niet meer dan een zak bloed, om open te snijden en leeg te gieten. Zij zou hetzelfde kunnen doen, hier en nu: zichzelf in een zak veranderen, haar aderen doorsnijden en zich laten leeglopen op het trottoir, in de goot. Want dat is het enige waar leven op neerkomt: in staat zijn om te sterven. Is dit visioen de optelsom van haar geloof: het visioen van de ram en wat er met de ram gebeurt? Zal dat verhaal goed genoeg zijn voor hen, haar hongerige rechters?

Er gaat iemand tegenover haar zitten. Ze is in gedachten verzonken en kijkt niet op.

'Werkt u aan uw biecht?'

Het is de vrouw uit de slaapzaal, die met het Poolse accent, degene die ze voor zichzelf de Kapo noemt. Ze heeft deze morgen een gebloemde katoenen jurk aan, limoengroen, een tikje ouderwets, met een witte ceintuur. Hij staat haar goed, staat goed bij haar dikke blonde haar en bruinverbrande huid en forse postuur. Ze lijkt op een boerin in de oogsttijd, robuust, bekwaam.

'Nee, geen biecht, een geloofsverklaring. Daar is me om gevraagd.'

'Hier noemen we dat een biecht.'

'O ja? Zo zou ik het niet noemen. Niet in het Engels. In het Latijn misschien, *confessio*, of in het Italiaans.'

Niet voor het eerst vraagt ze zich af hoe het komt dat iedereen die ze tegenkomt Engels spreekt. Of vergist ze zich? Spreken deze mensen eigenlijk andere talen, talen die haar onbekend zijn – Pools, Magyaars,

Sorbisch – en worden hun uitlatingen tegelijkertijd en langs wonderbaarlijke wegen voor haar in het Engels vertaald? Of is het hier juist een bestaansvoorwaarde dat iedereen dezelfde taal spreekt, Esperanto bijvoorbeeld, en zijn de klanken die over haar eigen lippen komen geen Engelse woorden, zoals ze zichzelf wijsmaakt, maar Esperanto-woorden, net zoals de woorden die de Kapo spreekt Esperanto zijn, hoewel de vrouw zelf misschien gelooft dat ze Pools zijn? Zijzelf, Elizabeth Costello, kan zich niet herinneren ooit Esperanto te hebben geleerd, maar ze kan zich vergissen, zoals ze zich in zoveel heeft vergist. Maar waarom zijn de kelners dan Italiaans? Of is wat ze voor Italiaans houdt alleen maar Esperanto met een Italiaans accent en Italiaanse handgebaren?

Het stel aan het tafeltje naast haar heeft de pinken in elkaar gehaakt. Lachend trekken ze aan elkaar; hun voorhoofden botsen, ze fluisteren. Zij hoeven kennelijk geen biecht te schrijven. Maar misschien zijn het geen acteurs, geen echte acteurs zoals de Poolse vrouw of deze vrouw die een Poolse vrouw speelt; misschien zijn het maar figuranten, die de opdracht hebben te doen wat ze elke dag van hun leven doen, het plein opvullen om het levendig te maken, het net echt laten lijken, er een realiteitseffect aan geven. Het moet een aangenaam leven zijn, het leven van een figurant. Maar na een bepaalde leeftijd begint vast de bezorgdheid te knagen. Na een bepaalde leeftijd begint het leven van een figurant vast op verspilling van kostbare tijd te lijken.

'Wat zegt u in uw biecht?'

'Wat ik al eerder heb gezegd: dat ik het me niet kan permitteren te geloven. Dat je in mijn soort werk alle geloof buiten werking moet stellen. Dat geloof een genoegen is, een luxe. Dat het je belemmert.'

'Werkelijk? Sommigen van ons zouden zeggen dat ongeloof de luxe is die we ons niet kunnen permitteren.'

Ze wacht tot er meer komt.

'Ongeloof – alle mogelijkheden openhouden, zweven tussen tegengestelden – is het kenmerk van een ontspannen bestaan, een bevoorrecht bestaan,' gaat de vrouw verder. 'De meesten van ons moeten kiezen. Alleen de lichte ziel hangt in de lucht.' Ze buigt zich dichterbij. 'Laat ik de lichte ziel een goede raad geven. Ze zeggen misschien dat het hun om geloof gaat, maar in de praktijk zullen ze genoegen nemen met hartstocht. Toon hartstocht en ze zullen u doorlaten.'

'Hartstocht?' antwoordt ze. 'Is hartstocht het ei van Columbus? Ik zou hebben gedacht dat hartstocht je van het licht vandaan leidt, niet ernaartoe. Maar hier, zegt u, is hartstocht voldoende. Dank u voor de informatie.'

Haar toon is spottend, maar haar metgezellin laat zich niet uit het veld slaan. Integendeel, ze gaat nog wat gemakkelijker op haar stoel zitten en geeft glimlachend een knikje, alsof ze de vraag wil aanmoedigen die nu komen moet.

'Zeg eens, hoevelen van ons komen erdoor, slagen voor de test, mogen door de poort?'

De vrouw lacht, een diepe lach, eigenaardig aantrekkelijk. Waar heeft ze haar eerder gezien? Waarom kost het zo'n moeite het zich te herinneren, alsof ze tastend haar weg zoekt door de mist? 'Door welke poort?' vraagt de vrouw. 'Denkt u dat er maar één poort is?' Een nieuwe lach doorvaart haar, een langdurige, weelderige huivering van het lichaam die haar grote borsten doet beven. 'Rookt u?' vraag ze. 'Nee? Vindt u het niet erg?'

Ze haalt een sigaret uit een gouden sigarettenkoker, strijkt een lucifer af, trekt. Haar hand is plomp, grof, de hand van een boerin. Maar de nagels zijn schoon en keurig verzorgd. Wie is zij? 'Alleen de lichte ziel hangt in de lucht.' Het klinkt als een citaat.

'Wie weet wat wij werkelijk geloven,' zegt de vrouw. 'Het zit hier, begraven in ons hart.' Ze slaat zacht op haar boezem. 'Zelfs voor onszelf begraven. Het gaat de commissies niet om geloof. Het effect is voldoende, het effect van geloof. Toon hun dat u voelt en ze zullen tevreden zijn.'

'Hoe bedoelt u, de commissies?'

'De onderzoekscommissies. Wij noemen ze de commissies. En we noemen onszelf de zangvogels. Wij zingen voor de commissies, om hen te vermaken.'

'Ik geef geen voorstellingen,' zegt ze. 'Ik ben geen artiest.' De sigarettenrook zweeft in haar gezicht; ze wuift het weg. 'Ik ben niet in staat om wat u hartstocht noemt op te brengen als die er niet is. Die kan ik niet aan- en uitzetten. Als uw commissies dat niet willen begrijpen...' Ze haalt haar schouders op. Ze had op het punt gestaan er nog iets over de brui aan toe te voegen, over er de brui aan geven. Maar dat zou te verheven zijn, te literair, voor zoiets onbeduidends.

De vrouw drukt haar sigaret uit. 'Ik moet gaan,' zegt ze. 'Ik moet inkopen doen.'

Over de aard van deze inkopen laat ze zich niet uit. Maar het valt haar op, Elizabeth Costello ('Namen verdwijnen hier,' nou, haar naam verdwijnt helemaal niet, zeker niet), hoe passief, hoe onverschillig ze is geworden. Ze zou zelf ook wel een paar inkopen willen doen. Nog even afgezien van de fantasie over de schrijfmachine, heeft ze zonnecrème nodig, en eigen zeep, niet de scherpe carbolzeep van het washokje.

Maar ze maakt geen aanstalten om te informeren waar je hier inkopen kunt doen.

Er is nog iets wat haar opvalt. Ze heeft geen zin meer in eten. Ze heeft van gisteren nog een vage herinnering aan een citroenijsje en bitterkoekjes met koffie. Vandaag walgt ze alleen al bij de gedachte aan eten. Haar lichaam voelt onaangenaam zwaar, onaangenaam lijfelijk.

Begint er een nieuwe carrière te dagen: als een graatmager persoon, een dwangmatige vaster, een hongerkunstenaar? Zullen haar rechters medelijden krijgen als ze haar zien wegkwijnen? Ze ziet zichzelf al voor zich, een broodmagere figuur op een openbare bank op een plekje in de zon die zich nijver pennend aan haar taak wijdt, een taak die nooit volbracht zal worden. 'God bewaar me!' fluistert ze bij zichzelf. 'Te literair, te literair! Ik moet hier weg voordat ik doodga!'

De woorden vallen haar weer in als ze bij schemering een wandeling langs de stadsmuur maakt en naar het omhoogschieten en duiken van de zwaluwen boven het plein kijkt. 'Een lichte ziel.' Is zij een lichte ziel? Wat is een lichte ziel? Ze denkt aan zeepbellen die omhoog zweven tussen de zwaluwen, en zelfs nog hoger tot in het blauwe empyreum. Ziet de vrouw haar zo, de vrouw wier taak het is om de vloer te schrobben en de wasruimte schoon te maken (niet dat ze haar dat ooit ziet doen)? Haar leven is zeker niet moeilijk geweest, door de bank genomen, maar gemakkelijk evenmin. Rustig misschien, beschermd misschien: een Australisch leven, ver van de ergste geschiedenis; maar ook gedreven, zo mag je het rustig noemen. Moet ze de vrouw zoeken en haar terechtwijzen? Zou de vrouw het begrijpen?

Ze zucht, loopt verder. Wat is ze mooi, deze wereld,

ook al is het alleen maar een schijnwereld! Dat is in elk geval iets om op terug te vallen.

Het is dezelfde rechtszaal, met dezelfde parketwacht, maar het rechterscollege (de commissie, zoals ze het nu moet leren noemen) is nieuw. Het zijn er zeven, niet negen, onder wie een vrouw; ze herkent geen van de gezichten. En de openbare tribune is niet meer helemaal leeg. Ze heeft een toeschouwer, een medestander: de schoonmaakster, in haar eentje, met een boodschappennetje op schoot.

'Elizabeth Costello, verzoekster, hoorzitting nummer twee,' dreunt de woordvoerder van de commissie van vandaag (de hoofdrechter? de opperrechter?) op. 'U heeft uw verklaring herzien, begrijpen we. Ga uw gang.'

Ze treedt naar voren. 'Wat ik geloof,' leest ze met vaste stem, als een kind tijdens een spreekbeurt. 'Ik ben geboren in de stad Melbourne, maar heb een deel van mijn kinderjaren op het platteland van Victoria doorgebracht, in een gebied van klimatologische uitersten: van verzengende droogte gevolgd door stortbuien die de rivieren deden zwellen van de kadavers van verdronken dieren. Zo herinner ik het mij tenminste.

Als het water zich terugtrok – ik heb het nu over het water van één bepaalde rivier, de Dulgannon – liet het hectaren modder achter. 's Nachts hoorde je het brullen van tienduizenden kikkertjes die genoten van de hemelse gulheid. De lucht was net zo doordrongen van hun gebrul als om twaalf uur 's middags van het gesjirp van cicaden.

Waar komen ze zo opeens vandaan, die duizenden kikkers? Het antwoord is: ze zijn er altijd. In het droge jaargetijde verdwijnen ze onder de grond, graven zich steeds dieper in tegen de hitte van de zon totdat ze allemaal een soort graftombe voor zichzelf hebben gemaakt. En in die tombe gaan ze dood, zogezegd. Hun hartslag wordt trager, hun ademhaling stopt, ze krijgen een modderkleur. En de nachten zijn weer stil.

Stil totdat de volgende regens komen en als het ware op duizenden piepkleine doodskistdekseltjes roffelen. In die kistjes beginnen harten te kloppen, ledematen die maandenlang levenloos zijn geweest beginnen te bewegen. De doden ontwaken. Als de modderkorst zachter wordt, beginnen de kikkers zich een weg naar buiten te graven en weldra galmen hun stemmen weer vol blijde verrukking onder het gewelf der hemelen.

Vergeef mij mijn taalgebruik. Ik ben schrijfster van beroep, althans geweest. In de regel zorg ik wel dat de uitspattingen van de verbeelding verhuld blijven. Maar vandaag, voor deze gelegenheid, wilde ik nu eens niets verhullen, maar alles blootleggen. Het bloed dat weer tot leven komt, het vreugdevolle brulkoor, gevolgd door het zich terugtrekken van het water en de terugkeer naar het graf, en dan de schijnbaar eindeloze droogte, en dan de nieuwe regens en de wederopstanding van de doden – het is een verhaal dat ik u eerlijk en onomwonden voorleg.

Waarom? Omdat ik vandaag niet voor u sta als schrijfster maar als een oude vrouw die ooit kind is geweest en u vertel wat ik mij herinner van de moddervlakten van de Dulgannon uit mijn kinderjaren en van de kikkertjes die daar leven, sommige zo klein als het topje van mijn pink, schepseltjes zo onbeduidend en zo ver bezijden uw verhevener bekommernissen dat u er anders nooit over zou horen. In mijn beschrijving, voor de vele feilen waarvan ik mij verontschuldig, moge de levenscyclus van de kikker allegorisch klinken, voor de kikkers zelf is het geen allegorie maar het ware, het enige ware.

Wat ik geloof? Ik geloof in die kikkertjes. Waar ik mij op dit ogenblik bevind, op mijn oude dag en misschien mijn nog oudere dag, weet ik niet precies. Er zijn momenten dat het als Italië voelt, maar ik kan mij gemakkelijk vergissen, het zou heel ergens anders kunnen zijn. Steden in Italië hebben bij mijn weten geen poortgebouwen (ik zal in uw bijzijn het nederige woord "poort" niet gebruiken) waarop een doorgangsverbod rust. Maar het Australische continent, waar ik schoppend en krijsend ter wereld ben gekomen, is echt (zij het ver weg), de Dulgannon en zijn moddervlaktes zijn echt, de kikkers zijn echt. Ze bestaan, of ik u er nu wel of niet over vertel, of u er nu wel of niet in gelooft.

Het is vanwege de onverschilligheid van die kikkertjes voor mijn geloof (het enige dat zij van het leven verlangen is een kans om muggen te verslinden en te zingen; en de mannetjes onder hen, degene die het meeste zingen, zingen niet om de nachtelijke lucht met hun melodieën te vullen maar als een vorm van hofmakerij, waarvoor ze beloond hopen te worden met een orgasme, de kikkervariant van een orgasme, telkens maar weer) – het is vanwege hun onverschilligheid voor mij dat ik in ze geloof. En dat is waarom ik vanmiddag, tijdens deze betreurenswaardig haastige en betreurenswaardig literaire vertoning waarvoor ik mij nogmaals verontschuldig, maar ik wilde me onbevangen aan u presenteren, *toute nue* zogezegd, en bijna, zoals u met eigen ogen kunt zien, zonder aantekeningen – dat is waarom ik u over kikkers vertel.

Over kikkers en mijn geloof of overtuigingen en de relatie tussen de eerste en de laatste. Omdat ze bestaan.'

Ze stopt. Achter haar het geluid van zacht applaus, door één paar handen, die van de schoonmaakster. Het klappen wordt zwakker, houdt op. Zij was het, de schoonmaakster, die haar hiertoe heeft aangezet – tot deze woordenvloed, dit gesnater, deze verwarring, deze 'hartstocht'. Nou, laten we eens zien hoe er op hartstocht wordt gereageerd.

Een van de rechters, de man uiterst rechts, buigt zich naar voren. 'De Dulgannon,' vraagt hij, 'is dat een rivier?'

'Ja, een rivier. Die bestaat. Hij is niet weg te denken. Je vindt hem op de meeste kaarten.'

'En daar heeft u uw kinderjaren doorgebracht, aan de Dulgannon?'

Ze zwijgt.

'Want hier, in uw curriculum, staat niets over kinderjaren aan de Dulgannon.'

Ze zwijgt.

'Zijn die kinderjaren aan de Dulgannon ook weer een verhaal van u, mevrouw Costello? Net als de kikkers en de regen uit de hemel?'

'De rivier bestaat. De kikkers bestaan. Ik besta. Wat wilt u nog meer?'

De vrouw in hun midden, slank, met onberispelijk zilveren haar en een zilveren bril, neemt het woord. 'Gelooft u in het leven?'

'Ik geloof in wat niet de moeite neemt in mij te geloven.'

De rechter maakt een ongeduldig gebaartje. 'Een steen gelooft niet in u. Of een struik. Maar u verkoos ons niet over stenen of struiken te vertellen maar over kikkers, waaraan u een levensverhaal toeschrijft dat, zo geeft u zelf toe, hoogst allegorisch is. Die Australische kikkers van u belichamen de geest van het leven, waarin u als verhalenverteller gelooft.'

Het is geen vraag, het is, in wezen, een oordeel. Moet ze dat accepteren? 'Zij geloofde in het leven,' vindt ze dat aanvaardbaar als laatste woord over haar, haar grafschrift? Ze wil niets liever dan protesteren. 'Afgezaagd!' wil ze roepen. 'Ik verdien iets beters!' Maar ze houdt zich in. Ze is hier niet om een discussie te winnen, ze is hier voor een pas, een passage. Als ze eenmaal gepasseerd is, als ze deze plek eenmaal vaarwel heeft gezegd, dan is wat ze van zichzelf achterlaat, ook al wordt het een grafschrift, van volstrekt ondergeschikt belang.

'Zo u wilt,' zegt ze op haar hoede.

De rechter, haar rechter, wendt haar blik af, tuit haar lippen. Er valt een lange stilte. Ze probeert het zoemen van de vlieg op te vangen dat men bij dergelijke gelegenheden geacht wordt te horen, maar er lijkt geen vlieg in de rechtszaal te zijn.

Gelooft ze in het leven? Maar zou ze voor dit absurde tribunaal en de eisen daarvan zelfs in kikkers geloven? Hoe weet je waar je in gelooft?

Ze doet een proef die lijkt te werken als ze schrijft: een woord de duisternis insturen en luisteren wat voor geluid er terugkomt. Zoals een bronsgieter op een klok tikt: is hij gebarsten of heel? De kikkers, wat voor klank brengen de kikkers voort?

Antwoord: helemaal geen klank. Maar ze is te uitgekookt, te goed op de hoogte om zich al te laten teleurstellen. De modderkikkers van de Dulgannon vormen een nieuw vertrekpunt voor haar. Geef ze de tijd: misschien lukt het nog om ze waar te laten klinken. Want er is iets aan ze wat haar op een duistere manier bezighoudt, iets aan hun moddergraven en de vingers van hun handen, vingers die eindigen in balletjes, zacht, nat, slijmerig.

Ze denkt aan de kikker onder de aarde, uitgespreid alsof hij vliegt, alsof hij als een parachute door de duisternis daalt. Ze denkt aan de modder die aan de toppen van die vingers vreet en ze probeert op te zuigen, het zachte weefsel probeert op te lossen totdat niemand meer weet (en zeker de kikker zelf niet, bewusteloos in zijn koude winterslaap) wat aarde is en wat vlees. Ja, daar kan ze in geloven: de oplossing, de terugkeer naar de elementen; en ook in het tegenovergestelde moment kan ze geloven, wanneer de eerste rilling van terugkerend leven het lichaam doorvaart en de ledematen samentrekken, de handen buigen. Daar kan ze in geloven, als ze zich er maar sterk genoeg op concentreert, woord voor woord.

'Psst.'

Het is de parketwacht. Hij gebaart naar de tafel, waar de hoofdrechter haar ongeduldig bekijkt. Was ze in trance geraakt, of zelfs in slaap gevallen? Heeft ze zitten doezelen ten overstaan van haar rechters? Ze moet beter oppassen.

'Ik verwijs naar uw eerste verschijnen voor deze rechtbank, toen u als beroep "secretaresse van het onzichtbare" opgaf en de volgende verklaring aflegde: "Een goede secretaresse hoort niets te geloven. Dat is in een dergelijke functie ongepast," en, even later: "Ik heb wel bepaalde overtuigingen maar daar geloof ik niet in."

Tijdens die hoorzitting leek u zich geringschattend over geloven uit te laten, u noemde het een hindernis voor uw roeping. Maar tijdens de hoorzitting van vandaag getuigt u van uw geloof in kikkers, of preciezer gezegd in de allegorische betekenis van een kikkerleven, als ik de portee goed begrijp. Mijn vraag is: Heeft u de grondslag voor uw pleidooi van de eerste hoorzitting veranderd in de huidige? Komt u terug op dat secretaresseverhaal en schotelt u ons nu een nieuwe versie voor, gebaseerd op de kracht van uw geloof in de schepping?'

Heeft ze haar verhaal veranderd? Het is een zwaarwegende vraag, dat lijdt geen twijfel, en toch kost het haar moeite haar aandacht erop te concentreren. Het is warm in de rechtszaal, ze voelt zich bedwelmd, ze weet niet hoe lang ze deze hoorzitting nog kan verdragen. Wat ze het liefst zou willen, is haar hoofd op een kussen leggen en een dutje doen, als het moet zelfs op het smerige kussen in de slaapzaal.

'Dat ligt eraan,' zegt ze en ze probeert tijd te rekken, na te denken ('Schiet op, schiet op!' zegt ze tegen zichzelf. 'Je leven hangt hiervan af!'). 'U vraagt of ik mijn pleidooi heb veranderd. Maar wie ben ik, wie is die "ik", die "u"? Wij veranderen van dag tot dag, en tegelijkertijd blijven we hetzelfde. Geen "ik", geen "u" is wezenlijker dan een ander. U kunt net zo goed vragen wie de echte Elizabeth Costello is, degene die de eerste verklaring heeft afgelegd of degene van de tweede. Mijn antwoord is dat ze allebei echt zijn. Allebei. En geen van beiden. "Ik ben een ander." Neem mij niet kwalijk dat ik mijn toevlucht zoek tot woorden die niet van mezelf zijn, maar ik kan het zelf niet beter uitdrukken. U heeft de verkeerde voor u. Als u denkt dat u de goede voor u heeft, heeft u de verkeerde voor u. De verkeerde Elizabeth Costello.'

Is dat waar? Het is misschien niet waar maar het is zeker niet onwaar. Ze heeft zich nog nooit van haar leven zo de verkeerde gevoeld.

Haar ondervrager wuift ongeduldig. 'Ik vraag u niet om uw paspoort. Paspoorten zijn hier niet van kracht, zoals u ongetwijfeld bekend is. De vraag die ik u stel, is: U, met wie ik de persoon voor onze ogen bedoel, degene die verzoekt te worden doorgelaten, de persoon hier en nergens anders – spreekt u voor uzelf?'

'Ja. Nee, uitdrukkelijk niet. Ja en nee. Allebei.'

De rechter werpt een blik naar zijn collega's links en rechts. Verbeeldt ze het zich, of geven ze iets van een glimlachje door, en een paar gefluisterde woorden? Wat zijn die woorden? 'In de war'?

Hij wendt zich weer tot haar. 'Dank u. Dat was het. U hoort te zijner tijd van ons.'

'Dat was het?'

'Dat was het, voor vandaag.'

'Ik ben niet in de war.'

'Ja, u bent niet in de war. Maar wie is het die niet in de war is?'

Ze kunnen zich niet beheersen, haar rechterscollege, haar commissie. Eerst giechelen ze als kinderen, daarna laten ze al hun waardigheid varen en brullen van het lachen.

Ze kuiert naar de overkant van het plein. Het is zo te zien aan het begin van de middag. Er is minder drukte dan gewoonlijk. De plaatselijke bevolking houdt zeker siësta. 'De jongeren in elkaars armen.' Als ik mijn leven mocht overdoen, zegt ze niet zonder bitterheid bij zichzelf, dan zou ik me met andere dingen bezighouden. Meer plezier maken. Wat heb ik eraan, aan dat levenslange geschrijf, nu het uur van de waarheid is aangebroken?

De zon is meedogenloos. Ze zou een hoed op moeten zetten. Maar haar hoed ligt in de slaapzaal, en ze gruwt bij de gedachte die bedompte ruimte weer te moeten binnengaan.

De gebeurtenissen in de rechtszaal zijn nog niet uit haar gedachten, de smadelijkheid ervan, de schande. Maar in haar onderbewustzijn blijft ze vreemd genoeg in de ban van de kikkers. Vandaag, zo lijkt het, is ze bereid in kikkers te geloven. Wat zal het morgen zijn? Muggen? Sprinkhanen? De dingen waarin ze gelooft lijken volstrekt willekeurig. Ze komen onaangekondigd in haar op, ze verrassen haar en brengen haar zelfs in verrukking, ondanks haar sombere stemming.

Ze geeft de kikkers een tikje met haar nagel. De klank die terugkomt is helder, helder als een klok.

Ze geeft een tikje tegen het woord 'geloof'. Hoe valt geloof te meten? Zal haar proef ook werken met abstracties?

Het geluid dat 'geloof' terugstuurt, is minder helder, maar het kan ermee door. Op deze dag, op dit tijdstip, op deze plaats, is ze kennelijk niet zonder geloof. Sterker nog, nu ze er goed over nadenkt, is geloof in zekere zin haar leven. Als ze geheel zichzelf is, is het of haar geest van het ene geloof op het volgende overstapt, pauzeert, balanceert en weer verdergaat. Er komt haar een schilderij voor de geest van een meisje dat een riviertje oversteekt; het komt tegelijk met een regel van Keats: 'Haar beladen hoofd in evenwicht naar de overkant van een beek.' Haar leven is geloof, haar werken is geloof, ze is een product van geloof. Wat een opluchting! Moet ze terugrennen en het hun vertellen, haar rechters, voordat ze hun toga afleggen (en voordat ze zich bedenkt)?

Wonderlijk dat een rechtbank die pretendeert geloofsonderzoek te doen, weigert haar door te laten. Ze hebben vast wel andere schrijvers gehoord, andere ongelovige gelovigen of gelovige ongelovigen. Ze moeten oog hebben voor het feit dat schrijvers geen advocaten zijn, dat de een zich excentrieker presenteert dan de ander. Maar dit is natuurlijk ook geen rechtbank. Niet eens een logische bank. Haar eerste indruk was juist: een rechtbank uit Kafka of *Alice in Wonderland*, een rechtbank van paradoxen. De eersten zullen de laatsten zijn en de laatsten de eersten. Of andersom. Als van tevoren de garantie werd gegeven dat je je verklaring mocht doorspekken met anekdotes uit je kinderjaren, dat je met beladen hoofd van het ene geloof naar het andere mocht springen, van kikkers naar stenen naar vliegmachines, zo vaak als een vrouw van hoed verandert (waar komt díe vergelijking nu weer vandaan?), dan zou elke verzoeker zich op de autobiografie storten en zou de rechtbankstenograaf worden meegesleurd in stromen vrije associatie.

Ze staat weer voor de poort, voor wat overduidelijk haar poort en alleen de hare is, hoewel hij zichtbaar moet zijn voor ieder die hem maar een blik waardig wil keuren. Hij is, als altijd, gesloten, maar de deur van het hokje staat open en daarbinnen kan ze de poortwachter zien zitten, de bewaarder, zoals gewoonlijk druk doende met zijn papieren die een beetje opwapperen in de lucht van de ventilator.

'Weer een warme dag,' merkt ze op.

'Mm,' bromt hij, zonder zijn werk te onderbreken.

'Elke keer als ik langskom, zie ik u schrijven,' gaat ze verder, en ze probeert zich niet uit het veld te laten slaan. 'U bent ook schrijver, in zekere zin. Wat schrijft u?'

'Administratieve zaken. Ik houd de administratie bij.'

'Ik heb net mijn tweede hoorzitting achter de rug.'

'Dat is mooi.'

'Ik heb gezongen voor mijn rechters. Ik was vandaag de zangvogel. Gebruikt u die uitdrukking, "zangvogel"?'

Hij schudt afwezig zijn hoofd: nee.

'Het ging niet zo best, ben ik bang, mijn liedje.'

'Mm.'

'Ik weet dat u geen rechter bent,' zegt ze. 'Maar toch, maak ik naar uw oordeel enige kans om erdoor te mogen? En als ik er niet door mag, als ik niet goed genoeg word bevonden om erdoor te mogen, zal ik dan voor altijd hier blijven, in deze stad?'

Hij haalt zijn schouders op. 'We maken allemaal een kans.' Hij heeft niet opgekeken, niet één keer. Betekent dat iets? Betekent het dat hij niet de moed heeft haar in de ogen te kijken?

'Maar als schrijfster,' houdt ze vol, 'wat voor kans maak ik als schrijfster, met de speciale problemen van het vak, de speciale loyaliteiten?'

'Loyaliteiten.' Nu ze het heeft uitgesproken, herkent ze het als het woord waar het allemaal om draait.

Hij haalt opnieuw zijn schouders op. 'Wie zal het zeggen?' zegt hij. 'Dat moeten de commissies uitmaken.'

'Maar u houdt de administratie bij – wie erdoor mag, wie niet. U moet het, tot op zekere hoogte, weten.'

Hij geeft geen antwoord.

'Ziet u veel mensen zoals ik, mensen in mijn situatie?' gaat ze op dringende toon verder; ze verliest haar zelfbeheersing, hoort dat ze haar zelfbeheersing verliest, neemt het zichzelf kwalijk. 'In mijn situatie,' wat wil dat zeggen? Wat is haar situatie? De situatie van iemand die niet weet wat ze wil?

Ze heeft een visioen van de poort, van de andere kant van de poort, de kant die haar onthouden wordt. Aan de voet van de poort ligt languit een hond die de doorgang verspert, een oude dog met een leeuwkleurige vacht vol littekens van ontelbare verminkingen. Zijn ogen zijn dicht, hij rust uit, doet een dutje. Achter hem is alleen maar een woestijn van zand en steen, tot in het oneindige. Het is haar eerste visioen sinds lange tijd, en ze vertrouwt het niet, vooral niet het anagram GOD-DOG. 'Te literair,' denkt ze opnieuw. Vervloekt zij de literatuur!

De man achter het tafeltje heeft kennelijk genoeg van het gevraag. Hij legt zijn pen neer, vouwt zijn handen, kijkt haar strak aan. 'De hele tijd,' zegt hij. 'De hele tijd zien we mensen zoals u.'

Brief van Elizabeth, Lady Chandos, aan Francis Bacon

'Op deze momenten gaat een nietig schepsel, een hond, een rat, een kever, een verkommerde appelboom, een over de heuvel slingerend karrespoor, een met mos begroeide steen voor mij meer betekenen dan de mooiste, gewilligste geliefde van de gelukkigste nacht ooit voor mij betekend heeft. Deze stomme en soms levenloze schepsels verheffen zich voor mij met zo'n volheid, met zo'n tegenwoordigheid van liefde, dat mijn begenadigd oog ook rondom mij geen enkele dode vlek kan ontwaren. Het schijnt mij dat alles, alles wat er is, alles waaraan ik terugdenk, alles wat mijn verwardste gedachten aanroeren, Iets is.'

Hugo von Hofmannsthal
Brief van Lord Philip Chandos aan Francis Bacon[1]

Geliefde en geachte Heer,

U zult van mijn man Philip een brief hebben ontvan-

[1] Geciteerd naar de Nederlandse vertaling 1994, in Hugo von Hofmannsthal, *De roos en de schrijftafel*, Amsterdam 1994. Vertaling Bert Toussaint en Philip van der Eijk. In de brief, gedateerd 22 augustus 1603, legt Philip Chandos aan Francis Bacon uit waarom hij niet meer kan schrijven.

gen gedateerd 22 augustus jongstleden. Vraag mij niet hoe, maar een kopie van die brief is mij onder ogen gekomen, en nu voeg ik mijn stem bij de zijne. Ik vrees dat u zult denken dat mijn man u in een vlaag van waanzin heeft geschreven, een vlaag die nu wellicht voorbij zal zijn. Ik schrijf u om te zeggen dat zulks niet het geval is. Alles wat u in zijn brief heeft gelezen is waar, één omstandigheid daargelaten: geen man die in zo extreme geestelijke nood verkeert, zal dat voor zijn liefhebbende vrouw kunnen verbergen. Al die maanden ben ik al op de hoogte van het lijden van mijn Philip en lijd ik met hem mee.

Hoe is onze treurnis begonnen? Er was een tijd, herinner ik me, voordat dit lijden begon, dat hij als behekst naar schilderijen van sirenen en bosnimfen staarde en ernaar smachtte hun naakte, glanzende lichamen binnen te dringen. Maar waar in Wiltshire vinden we een sirene of bosnimf bij wie hij dat kan proberen? Noodgedwongen ben ik zijn bosnimf geworden: ik was het die hij binnendrong terwijl hij haar wilde binnendringen, ik was het die zijn tranen op mijn schouder voelde terwijl hij haar weer niet in mij kon vinden. 'Nog even en ik weet hoe ik je bosnimf moet zijn, hoe ik je bosnimfentaal moet spreken,' fluisterde ik in het donker; maar hij was ontroostbaar.

Een tijd van lijden noem ik de huidige tijd; maar in het gezelschap van mijn Philip heb ik ook momenten dat ziel en lichaam één zijn, dat ik op het punt sta in engelentongen uit te barsten. 'Mijn momenten van extase,' noem ik dat. Het overkomt me – ik schrijf dit zonder blozen, dit is geen tijd voor blozen – in de armen van mijn man. Alleen hij is mijn gids; met geen andere man zou ik die momenten beleven. Met ziel en lichaam spreekt hij me toe, spreekt hij zonder te spreken; wat hij in mij, in mijn ziel en lichaam duwt, zijn geen woorden meer maar vlammende zwaarden.

Wij zijn voor zo'n leven niet bestemd, Heer. 'Vlammende zwaarden' zeg ik dat Philip in mij duwt, zwaarden die geen woorden zijn; maar het zijn net zo min vlammende zwaarden als woorden. Het is net een besmetting, altijd het één in plaats van het ander zeggen ('net een besmetting,' zeg ik: ik kon mezelf er nauwelijks van weerhouden om 'rattenplaag' te zeggen, want het wemelt tegenwoordig van de ratten om ons heen). Als een voetreiziger (houd dat beeld in gedachten, verzoek ik u), als een voetreiziger stap ik een molen binnen, donker en niet meer gebruikt, en voel plotseling dat de vloerplanken, die verrot zijn door het vocht, onder mijn voeten bezwijken en me in het kolkende molenwater storten; maar terwijl ik dat ben (een voetreiziger in een molen) ben ik het tegelijkertijd niet; evenmin is het een besmetting die mij voortdurend treft, of een rattenplaag, of vlammende zwaarden, maar iets anders. 'Het is nooit wat ik zeg, altijd iets anders.' Vandaar de woorden die ik hierboven schreef: 'Wij zijn voor zo'n leven niet bestemd.' Alleen extreme zielen zijn wellicht bestemd voor zo'n leven, waarin woorden onder je voeten bezwijken als rottende planken ('als rottende planken,' zeg ik nogmaals, ik moet wel, wilt u het lijden van mijzelf en mijn man kunnen thuisbrengen, 'thuisbrengen,' zeg ik, waar is thuis, waar is thuis?)

Wij kunnen zo niet leven, noch hij noch ik noch u, geëerde Heer (want wie zal zeggen of u door toedoen van zijn brief, of indien niet van zijn brief dan van de mijne, niet een besmetting heeft opgelopen die dat niet is, een besmetting, maar iets anders, altijd iets anders?) Misschien komt er een tijd dat zulke 'extreme zielen' als waarover ik schrijf in staat zullen zijn hun lijden te dragen, maar die tijd is nog niet aangebroken. Er komt een tijd, als hij ooit komt, dat reuzen of misschien engelen over de aarde zullen lopen (ik houd mij niet meer in, ik ben moe, ik geef me over aan de beelden, ziet u, Heer, hoe ik word meegesleurd? 'De roes' noem ik het als ik het niet 'mijn extase' noem, de roes en de extase zijn niet hetzelfde, maar op manieren die ik wel nooit zal kunnen verklaren, hoewel duidelijk zichtbaar voor mijn oog, 'mijn oog' noem ik het, 'mijn innerlijk oog,' alsof ik van binnen een oog heb dat naar de woorden kijkt terwijl ze een voor een passeren, als soldaten tijdens een parade, 'als soldaten tijdens een parade,' zeg ik).

Alles is allegorie, zegt mijn Philip. Elk schepsel is een sleutel tot alle andere schepselen. Een hond die zich op een plekje in de zon zit te likken, zegt hij, is het ene moment een hond en het volgende een vat van openbaring. En misschien is het waar wat hij zegt, misschien dat wij in de gedachten van onze Schepper ('onze Schepper,' zeg ik), waar wij omheen wervelen als in een molenvliet, elkaar penetreren en door medeschepselen gepenetreerd worden, met duizenden tegelijk. Maar hoe, zo vraag ik u, kan ik leven als er dag en nacht ratten en honden en kevers door mij heen kruipen, die verdrinken en naar adem snakken, aan mij krabben en sjorren, mij steeds verder de openbaring in duwen – hoe? 'Wij zijn niet bestemd voor de openbaring,' wil ik uitroepen, 'ik noch jij, lieve Philip,' de openbaring die het oog zengt als tegen de zon in staren.

Red mij, geliefde Heer, red mijn man! Schrijf! Zeg

hem dat de tijd nog niet gekomen is, de tijd voor de reuzen, de tijd voor de engelen. Zeg hem dat wij nog in de tijd van de vlooien leven. Woorden dringen niet langer tot hem door, ze vallen in gruzelementen, het is alsof ('alsof,' zeg ik), het is alsof hij wordt beschermd door een schild van kristal. Maar vlooien zal hij begrijpen, de vlooien en de kevers kruipen nog altijd langs zijn schild, net als de ratten; en soms ook ik, zijn vrouw, ja, mijn Heer, soms kruip ook ik erlangs. 'Geesten van het Oneindige,' noemt hij ons, en hij zegt dat hij van ons moet rillen; en inderdaad heb ik die rillingen gevoeld, tijdens mijn vlagen van extase heb ik ze gevoeld, zo duidelijk dat ik niet meer wist of ze van hem of van mijzelf waren.

'Geen Latijn,' zegt mijn Philip – ik heb de woorden overgeschreven – 'geen Latijn of Engels of Spaans of Italiaans kan de woorden van mijn openbaring verdragen.' En dat is waar, zelfs ik die zijn schaduw ben, weet het tijdens mijn extase. Toch schrijft hij u, zoals ik u schrijf, u die er meer dan wie ook om bekend staat dat u uw woorden met zorg kiest en schikt en uw oordelen bouwt zoals een metselaar een muur van bakstenen. Terwijl we verdrinken, schrijven we elk vanuit ons eigen lot. Red ons.

Uw dienstwillige dienares,
Elizabeth C.

11 september, AD 1603

Verantwoording

Een eerdere versie van hoofdstuk 1 is onder de titel 'What is Realism?' verschenen in *Salmagundi*, nrs. 114-115 (1997).

Een eerdere versie van hoofdstuk 2 is onder de titel 'The Novel in Africa' verschenen als Occasional Paper nr. 17 van het Townsend Center for the Humanities, University of California, Berkeley, 1999. Het citaat van Cheikh Hamidou Kane is met toestemming van de auteur overgenomen uit Phanuel Akubueze Egejuru, *Towards African Literary Independence* (Westport, Greenwood Press, 1980). Het citaat van Paul Zumthor is afkomstig uit *Introduction à la poésie orale*, met toestemming van Editions du Seuil.

Een eerdere versie van hoofdstuk 3 is verschenen als 'Die Geisteswissenschaften in Afrika / The Humanities in Africa' (München, Siemens Stiftung, 2001).

Een eerdere versie van hoofdstuk 4 is verschenen in *Salmagundi*, nrs. 137-138 (2003).

'Brief van Elizabeth, Lady Chandos, aan Francis Bacon' verscheen bij Intermezzo Press, Austin, Texas, 2002.

De Nederlandse editie van *Elizabeth Costello* bevat niet de vertaling van twee verhalen, te weten *The Lives of Animals: The Philosophers and the Animals* en *The Lives of Animals: The Poets and the Animals*, omdat die eerder onder de titel *Dierenleven* bij uitgeverij Ambo zijn verschenen en de rechten ervan bij die uitgeverij berusten.

Inhoud

J.M. Coetzee bij Uitgeverij Cossee

Portret van een jongeman
Roman. Vertaling Peter Bergsma
Gebonden, 208 blz.

Hij moet weg van dat eindeloze platteland, weg uit dat betoverend mooie landschap. Hier, in Zuid-Afrika, kan hij nooit een dichter zijn, en al helemaal geen groot dichter zoals T.S. Eliot. Want dat wil hij worden, een groot dichter met een wild liefdesleven, hij wil gedichten schrijven waarvan de schoonheid met stomheid slaat, gedichten die iets uitdrukken van wat hij in de Zuid-Afrikaanse bewegingloosheid niet kan uitdrukken – maar wat eigenlijk? Hij moet weg, naar Londen, daar wordt verfijnder gesproken, daar zal hij zijn weg vinden naar de vrouwen en de grote poëzie. Natuurlijk is zijn moeder ontsteld, wat moet dat dan wel voorstellen, een dichter, en bovendien schijnt Londen koud te zijn. Het Londen van de vroege jaren zestig, waar hij toch naartoe gaat, is nog geen swinging London, maar een verwarrende en vijandige mierenhoop. Hij schopt het daar ten slotte tot programmeur. Maar zo leidt hij niet het grootse en meeslepende leven van een dichter. Hij heeft niet eens een vriend! Hij heeft een muze nodig! Hij raapt al zijn moed bijeen en leert allerlei vrouwen kennen die hem na een paar moeizame nachten alleen nog maar van de poëzie afhouden, vooral van liefdesgedichten!

Portret van een jongeman is een vaak onbarmhartig (zelf)portret dat J.M. Coetzee schetst van een jongeman die door het leven struikelt.

J.M. Coetzee bij Uitgeverij Cossee

Wachten op de barbaren
Roman. Vertaling Peter Bergsma
Gebonden, 240 blz.

Tientallen jaren al bestuurt de beschaafde, oude magistraat naar ieders tevredenheid het dorpje aan de grens. Zorgeloos leeft hij van de ene dag in de andere, genietend van zijn hobby's en zijn flirts.

Wanneer een afgezant van de regering het decreet uitvaardigt dat de barbaren in het grensgebied moeten worden vervolgd, kan de oude man niet veel begrip opbrengen voor het standpunt van zijn meerderen. Hij heeft meer sympathie voor die zogenaamde barbaren, een nomadenvolk dat niemand kwaad doet. Aanvankelijk probeert hij de machthebbers tot rede te brengen en hij raakt zo steeds meer in het conflict betrokken. Tegelijkertijd wil de magistraat zich het liefst terugtrekken in zijn eigen wereld, waarin hij de klassieken leest en een vergeten taal bestudeert. Als hij een erotische relatie krijgt met een van de slachtoffers van het overheidsgeweld – een door de martelingen van haar ondervragers kreupel en blind geworden meisje – voelt hij zich toch geroepen tot een wilde actie. Hij komt in de gevangenis terecht en wordt zelf als een barbaar behandeld.

Op subtiele wijze beschrijft Coetzee in de oude man niet simpelweg een bestuurder met een gewetensconflict, maar iemand die heen en weer wordt geslingerd tussen medeplichtigheid, onverschilligheid en verzet.